Introduction
à la politique

Dominique Chagnollaud

Introduction à la politique

Éditions du Seuil

OUVRAGE RÉALISÉ SOUS LA DIRECTION ÉDITORIALE
DE JACQUES GÉNÉREUX

ISBN : 2-02-017572-X

En l'honneur de Jean-Louis Quermonne.

Cette *Introduction à la politique* ressemble à des mélanges.

En effet, en s'attachant à un regard d'ensemble, elle puise à diverses sources sans vouloir cependant imposer une perspective unique. Elle rend hommage à un maître et veut rester fidèle à ses enseignements. Ainsi a-t-elle le souci de la pédagogie et de la liberté d'esprit. Puissent ces traits caractériser le présent ouvrage, nourri de la fécondité d'une tradition d'études constamment renouvelée et enrichie.

D. C.

« La politique consiste en un effort tenace et énergique pour tarauder des planches de bois dur. Cet effort exige à la fois de la passion et du coup d'œil. Il est parfaitement exact de dire, et toute l'expérience historique le confirme, que l'on n'aurait jamais pu atteindre le possible si dans le monde on ne s'était pas toujours et sans cesse attaqué à l'impossible. »

MAX WEBER
Le Savant et le politique

Introduction

On pourrait longuement disserter sur la polysémie du mot *politique*, étymologiquement « ce qui a trait au gouvernement de la cité » et, plus largement, « des sociétés ». Utilisé au masculin ou au féminin, comme substantif ou adjectif, au sens commun ou au sens savant, les acceptions du terme donnent vite le tournis.

Il faut regretter que les Français n'aient pas, en cette matière, la langue de Shakespeare, qui désigne outre-Manche *politics* pour évoquer la vie politique, la lutte pour le pouvoir, *policy* ou *policies* s'agissant des décisions – ou des « produits du système politique », et *polity* la communauté des professionnels qui prête vie à l'ensemble. Manque cependant à cette déclinaison qu'apporte peut-être le masculin français, la recherche de ses déterminants. Cette simple comparaison linguistique souligne déjà les présupposés qui commandent, ici comme ailleurs, le langage.

Le politique, la politique

Faut-il résolument distinguer *le* politique de l'ordre des essences, et *la* politique de celui du commun ? Plusieurs auteurs comme Philippe Braud nous y invitent. *Le* politique renverrait à un « champ social complexe régulé par l'État ou ses substituts », *la* politique étant au contraire la scène où s'affrontent les acteurs pour la conquête et l'exercice du pouvoir.

On peut dès lors penser que la politique est « l'ensemble des efforts que l'on fait en vue de participer au pouvoir ou d'influer sur la répartition du pouvoir, soit entre les États, soit entre les divers groupes à l'intérieur d'un même État. En gros, cette définition correspond à l'usage courant du terme[1] ». C'est cette définition simple que nous adopterons et comme guide des lieux, son auteur, Max Weber, dont l'œuvre a traversé le temps sans fondamentalement vieillir.

Naissance de la politique moderne

Pour Weber, la sphère politique se différencie progressivement dans le cadre de la complexification des rapports sociaux et du perfectionnement de la division et de l'organisation sociale du travail. Sa forme contemporaine est l'État moderne, « communauté humaine qui, dans les limites d'un territoire déterminé, revendique avec succès pour son propre compte le monopole de [la] violence physique légitime[2] ». Cette rationalisation continue de la société est un mouvement caractéristique de l'histoire des pays occidentaux et entraîne la spécialisation des activités, l'homogénéisation des normes et la formalisation des procédures dans tous les domaines. Dans la sphère économique, c'est le développement de l'entreprise capitaliste moderne, sous l'effet des nécessités du développement économique. Dans la sphère étatique, c'est la naissance de la bureaucratie et d'une administration progressivement séparée de la politique et l'émergence d'un fonctionnariat professionnel scellant la fin progressive

1. Max Weber, *Le Savant et le politique* (1919), *op. cit.*, p. 113.

2. *Ibid.*, p. 113.

du système patrimonial, c'est-à-dire de l'appropriation personnelle des fonctions publiques.

Ce mouvement général de rationalisation favorise l'émergence de rôles politiques spécialisés – les « professionnels » de la politique, de structures politiques centralisées – les partis politiques modernes – et d'un système politique différencié.

A cette évolution générale correspond une transformation des modes de « domination ». Si le pouvoir (« puissance ») signifie pour Weber « toute chance de faire triompher au sein d'une relation sociale, sa propre volonté, même contre des résistances », ce concept n'indique pas la « cause » de cette soumission à une volonté. Weber préfère dès lors utiliser celui de « domination », défini comme la chance pour des ordres spécifiques de trouver obéissance de la part d'un groupe déterminé d'individus, fondée sur la croyance en la légitimité. **L'auteur distingue ainsi trois types idéaux de légitimité liés à l'exercice d'une forme de domination.** La domination traditionnelle tire sa légitimité « de la croyance dans le caractère sacré des traditions et des coutumes sanctionnées par leur validité immémoriale et par l'habitude enracinée en l'homme de les respecter ». Ce type d'autorité caractérise les systèmes féodaux ou monarchiques dans lesquels l'obéissance des gouvernants aux gouvernés est naturelle et s'enracine dans le temps. La domination charismatique est étayée par la mystique du chef, les qualités hors du commun qu'on lui attribue. Chaque membre du groupe se soumet directement et personnellement au chef charismatique. Ce type d'autorité ne s'appuie donc sur aucune règle ni aucun statut coutumier, mais sur la seule croyance dans le personnage ainsi investi. Enfin, la domination légale-rationnelle est la marque des sociétés modernes et se précise dans tous les « groupements », entreprises, églises, partis, où le modèle bureaucratique se développe. L'État est la forme contemporaine pour Weber de cette domination. La légitimité est fondée sur la rationalité et « la croyance en la légalité des titres de ceux appelés à exercer la domination ». Les détenteurs du pouvoir, comme ceux qui y sont soumis, obéissent à ce principe de rationalité imposé par des « règlements impersonnels ».

Dans les démocraties libérales, la légitimité démocratique repose sur la légalité rationnelle. A l'âge moderne, la légitimité des gouvernants cesse en effet d'être *principalement* charismatique ou traditionnelle pour devenir liée à des procédures formelles comme l'élection : « C'est dans l'État légal à Constitution représentative que les partis prennent leur physionomie moderne[1]. » « Enfants de la démocratie, du suffrage universel, de la nécessité de recruter et d'organiser les masses, de l'évolution des partis vers l'unification [...] au sommet et vers la discipline [...] aux divers échelons[2] », les partis politiques modernes vont supplanter les « proto-partis de clientèle » et « les clubs politiques épisodiques » des notables parlementaires du XIXe siècle.

Notons que pour Weber, contrairement à Marx, les partis modernes ne sont pas les reflets des classes sociales en lutte. En d'autres termes, il y a pour lui autonomie du pouvoir politique et de l'économie, les partis étant des organisations liées à la première de ces deux sphères[3].

Amateurs et professionnels

A travers l'opposition entre administration de notables et professionnalisation de la politique, Weber construit une distinction majeure entre deux manières de vivre la politique : vivre *pour* la politique et vivre *de* la politique. Le véritable critère de séparation entre vivre *pour*

1. Max Weber, *Économie et société*, *op. cit.*, p. 294.
2. Max Weber, *Le Savant et le politique*, *op. cit.*, p. 135-136.
3. Pierre Bouretz, « Max Weber : la politique comme profession », *Intervention*, 1985 et aussi Dominique Colas, *Sociologie politique*, Paris, PUF, 1992.

et vivre *de* la politique est matériel. Celui qui vit *pour* la politique doit en effet être économiquement indépendant. La noblesse, puis la bourgeoisie rentière, sont des exemples de ces catégories sociales qui ont pu se mettre au service de la politique, sous des formes et à des époques différentes. Ouvriers et entrepreneurs capitalistes sont des contre-exemples, dans la mesure où leurs activités les privent du temps disponible. Le corrélat de ce type de pratique est un recrutement ploutocratique du personnel politique limité à des catégories particulières d'individus. C'est « l'administration des notables ». « La signification première de cette définition [est] que les notables peuvent vivre *pour* la politique sans devoir vivre d'elle, leur situation présuppose un degré spécifique de “disponibilité” résultant de leurs affaires privées. [...] L'administration des notables se retrouve dans toute sorte de groupements dont le type est le parti politique non bureaucratisé [...]. [Elle n'existe] vraiment qu'aussi longtemps que des partis ne s'érigent pas en structures permanentes[1]. » Résultat d'une évolution historique lente ou d'une volonté (assurer précisément un recrutement non ploutocratique), à l'administration de notables se substitue progressivement, à l'époque moderne, le métier politique comme activité spécifique rémunérée, soit au sein du parti (les permanents), soit par l'occupation de fonctions électives ou gouvernementales.

« Lorsqu'il doit y avoir élection périodique des détenteurs du pouvoir, l'entreprise politique est nécessairement une entreprise d'intérêts. Cela signifie qu'un nombre relativement restreint d'individus intéressés au premier chef par la vie politique et désireux de participer au pouvoir recrutent par libre engagement des partisans, se portent eux-mêmes candidats aux élections [...], recueillent les moyens financiers et vont à la chasse aux suffrages. [...] L'existence de chefs et de partisans qui, en tant qu'élé-

1. Max Weber, *Économie et société*, *op. cit.*, p. 298-299.

ments actifs, cherchent à recruter librement des militants et, par contrecoup, l'existence d'un corps électoral passif constituent des conditions indispensables à la vie de tout parti politique[1]. »

« Entreprise d'intérêts » mobilisant et encadrant en vue de la conquête du pouvoir par la voie électorale des militants au service d'un groupe dirigeant et d'un chef, le parti politique moderne est une organisation, disposant de ressources, manipulant des biens, engagé dans une lutte concurrentielle. En tant qu'organisations, il n'y a pas, pour Weber, de différence de nature entre un parti et une entreprise purement économique. Toutes les organisations modernes sont en effet travaillées par un double mouvement, capitaliste et bureaucratique, qui transforme leurs structures et leur fonctionnement.

Weber souligne par ailleurs l'emprise croissante des partis sur le Parlement : « La fonction [des Parlements] ne peut apparaître sans l'intervention volontariste des partis : ce sont ces derniers qui présentent candidats et programmes aux citoyens politiquement passifs et qui définissent, par le compromis ou le vote au sein du Parlement, les normes pour l'administration, qui contrôlent cette administration, la soutiennent de leur confiance, ou bien, la renversent par un refus constant de leur confiance, cela lorsqu'ils parviennent à obtenir la majorité aux élections. Le chef du parti et la direction administrative qu'il désigne, les ministres, les secrétaires et, éventuellement, les sous-secrétaires d'État, sont les dirigeants "politiques" de l'État, c'est-à-dire qu'ils dépendent pour leur poste de la victoire électorale de leur parti et qu'ils sont contraints de se retirer en cas de défaite électorale[2]. »

Sans doute depuis le début du siècle, au moment où il écrit, et jusqu'à nos jours, le point d'impulsion politique

1. Max Weber, *Le Savant et le politique*, *op. cit.*, p. 135-136.
2. Max Weber, *Économie et société*, *op. cit.*, p. 301.

s'est déplacé du Parlement à l'exécutif. Mais si les mécanismes constitutionnels protecteurs de ce dernier se sont multipliés, cette évolution tient d'abord au développement des partis modernes et à la discipline de vote qui les régit souvent dans les assemblées. Leur structuration et leur emprise croissante sur le système politique ont mis à mal la fiction selon laquelle le député est le représentant de ses mandants. Cette dépendance à l'endroit des organisations partisanes fait des groupes parlementaires leur bras armé et assure la fusion croissante de l'exécutif et du législatif. En effet, la mise en jeu de la responsabilité politique du premier devant le second devient formelle. Ce nouvel « équilibre » fonctionne d'autant mieux dans les pays où existent des partis dominants, voire hégémoniques au sein d'une alliance, ou plus simplement des coalitions de partis stables. Mais dès lors que l'alliance est fragile, que le verdict rendu par l'électeur n'assure pas une majorité solide, le Parlement retrouve sa capacité d'influence et redevient le lieu où se nouent et se défont les alliances.

Si le phénomène partisan reste au cœur de la compréhension de la politique, Weber note à plusieurs reprises qu'elle est impensable sans la participation des citoyens (première partie). Elle s'organise en vertu de procédures formelles, élections et référendum (chapitre 1). Si le vote (chapitre 2) constitue la forme minimale de la participation politique, elle prend d'autres formes (chapitre 3) qui permettent de discuter justement de la « passivité » supposée des citoyens au regard de la vie démocratique.

La politique nécessite ensuite des professionnels et des organisations (deuxième partie) qui en sont les acteurs. On les étudiera ainsi d'abord comme individus engagés dans l'action politique, amateurs et professionnels (chapitre 1) mais aussi comme des groupes organisés, partis politiques (chapitre 2) et groupes d'intérêt (chapitre 3).

Enfin, la politique est une pratique (troisième partie) qui exige de disposer de ressources adéquates (chapitre 1) et singulièrement pour les partis politiques de construire alliances et stratégies (chapitre 2). Cette pratique est finalement, dans son exercice quotidien, un métier (chapitre 3).

« Nous faisons tous occasionnellement de la politique lorsque nous mettons notre bulletin de vote dans l'urne ou lorsque nous exprimons pareillement notre volonté, par exemple en manifestant notre désapprobation ou notre accord au cours d'une réunion "politique", ou enfin lorsque nous prononçons un discours "politique", etc. D'ailleurs pour de très nombreuses personnes, le contact avec la politique se réduit à ce genre de manifestation. »

MAX WEBER, *Le Savant et le politique*

PREMIÈRE PARTIE

LA PARTICIPATION DES CITOYENS À LA POLITIQUE

1

Élections et référendum

« Le gouvernement du peuple, par le peuple, pour le peuple. » Cette formule classique, héritée de la tradition américaine, indique que la démocratie suppose le contrôle des gouvernés par les gouvernants, même si toute une tradition sociologique et philosophique doute de son effectivité eu égard aux mécanismes de sélection des représentants et de « confiscation » par ceux-ci du pouvoir.

Dans ce système, l'élection est le procédé principal de désignation des gouvernants. Si la violence est proscrite comme mode d'accès au gouvernement, son monopole légitime revenant à l'État, des modes plus anciens ont perduré dans cette désignation. Que l'on songe par exemple à l'hérédité qui assure aux monarques des démocraties européennes un rôle certes plus symbolique qu'effectif (à l'exception de l'Espagne). De même, la faveur du « prince » n'est pas absente des choix dès lors qu'une autorité désigne plus ou moins discrétionnairement un individu pour une fonction qui lui est subordonnée. Ainsi des chefs de l'exécutif nommant, dans des conditions variées, ministres ou hauts fonctionnaires. Mais qu'il soit libre ou lié par des conditions légales, des contraintes pratiques, ce choix est tenu pour légitime du fait que l'autorité qui y procède est investi par le suffrage populaire, direct ou indirect.

1. Le droit de suffrage

La Révolution de 1789 pose comme principe, avec Sieyès, que la souveraineté appartient à la nation, distincte des individus qui la composent. L'électorat n'est pas un droit mais une fonction réservée à une minorité intéressée à la politique en vertu de sa fortune et de ses capacités. A l'opposé du suffrage censitaire, la théorie rousseauiste préconise la souveraineté du peuple tout entier et fait du vote un droit, l'élection se confondant avec la démocratie.

Tout au long des XIXe et XXe siècles, les restrictions opérées par le cens vont progressivement disparaître. Celui-ci a généralement pris des formes économiques (la richesse) mais aussi culturelles, excluant, par exemple, jusqu'en 1912 en Italie, les analphabètes. Au contraire, la Constitution française de 1793, jamais appliquée, instaure le suffrage universel masculin, mais il faut attendre 1848 pour qu'il soit établi définitivement (malgré une tentative de limitation en 1850 qui vise les classes populaires). Du Danemark (1849) à l'Espagne (1869), de l'Allemagne, au seul niveau fédéral (1871) à la Grèce (1877), de la Belgique (1893) à la Norvège (1897), de la Finlande (1906) à l'Autriche et à la Suède (1907), du Portugal (1911) à l'Italie (1912), l'Europe a confirmé son avènement dès la fin du siècle. La Grande-Bretagne (1918) semble clore cette évolution après l'avoir précédée en fait par des élargissements successifs (1832, 1867, 1884).

D'autres discriminations ont de même disparu. La participation des femmes à l'effort de guerre pendant le premier conflit mondial aura ainsi contribué de manière décisive à leur accès au vote, qu'il s'agisse du Danemark ou de l'Autriche (1918), de l'Allemagne, du Luxembourg et des Pays-Bas (1919), de la Grande-Bretagne (femmes de plus de 30 ans en 1918 et de plus de 21 ans en 1928). Mais d'autres pays comme la Grèce (1952), la Belgique (1948), l'Italie (1946) ou la France (1944) ont attendu plus longtemps en raison, notamment, de la crainte de l'influence supposée de l'Église sur la population féminine et leur inclinaison à voter à droite. De même, les jeunes, longtemps considérés comme dépendants du *pater familias*, se sont vu progressivement accorder le droit de vote, généralement à 18 ans.

Le vote n'est pas toujours une obligation pour les citoyens, même s'il constitue culturellement un « devoir ». Certains pays le rendent cependant obligatoire comme la Belgique, l'Italie, la Grèce ou le Luxembourg. Cette obligation est assortie de sanctions légères, pécuniaires ou morales. Il reste que l'abstention volontaire peut être analysée comme un choix politique faute d'alternative (« blanc bonnet et bonnet blanc »).

Le vote doit être secret, disposition garantie par le bulletin et surtout l'isoloir (adopté définitivement en France en 1913), proscrivant ainsi les pressions sur l'électeur, notamment celles des notables. Libéré formellement des influences et de ses attaches multiples, l'électeur vote en conscience. Le vote est ainsi séparé des autres activités sociales et tend à spécifier l'activité politique. On est loin du temps où Tocqueville menait ses paysans normands aux urnes…

L'élection doit être sincère, c'est-à-dire proscrire la fraude dont les techniques soulignent d'ailleurs l'imagination créatrice de leurs auteurs : bourrage des urnes, truquage des listes électorales, substitution d'enveloppes, auxquels s'ajoutent parfois les pressions et manipulations éventuelles d'administrations locales dévouées à un parti ou à un homme. Pour préserver la sincérité et la liberté du vote, il est prévu dans les démocraties pluralistes l'intervention d'une juridiction chargée du contentieux de l'élection. Les cours constitutionnelles en reçoivent ainsi souvent la mission (à l'image du Conseil constitutionnel en France). L'autre système consiste à faire juge de l'élection les assemblées elles-mêmes (Belgique, Italie, Pays-Bas, Suisse, etc.) avec, comme dans le cas de la France avant außer Kontrolle geraten (Ausrutscher)

1958, quelques risques de dérapages, les parlementaires étant juge et partie.

2. Les fonctions de l'élection

La démocratie pluraliste suppose donc la *délégation* à une minorité pour exprimer sa volonté dans le cadre d'une libre compétition des candidats au suffrage. Rappelant que la relation d'obéissance qui unit les citoyens au pouvoir est révocable, **l'élection démocratique a pour finalité de légitimer les gouvernants autant que de les sélectionner**. De ce point de vue, elle peut avoir comme simple aboutissement de fonder démocratiquement la suprématie d'élites sociales. Que l'on songe en France à la révolution de 1848 et l'instauration du suffrage universel masculin installant bientôt une majorité monarchiste ou, en 1871, après vingt années de « candidature officielle », les électeurs confirmant les châtelains de province.

L'élection a ensuite pour objet, dans les démocraties pluralistes, de sélectionner les équipes dirigeantes. Ce choix est encadré par une série de contraintes : financières, juridiques, investitures partisanes, mode de sélection des élites politiques, etc. Les partis politiques, en particulier, opèrent un tri. Cette présélection est opérée dans des proportions variables par les instances locales et nationales, y compris dans les systèmes dits de « primaires » (États-Unis) où les électeurs du parti sont appelés à opérer un premier choix.

Faute de pouvoir directement choisir leurs représentants, les citoyens peuvent cependant déclencher l'*alternance*. Cette règle du jeu politique essentielle prend différentes formes qui ouvrent ou ferment le choix populaire. Avec Jean-Louis Quermonne[1], on peut distinguer d'abord l'« **alternance absolue** » consistant dans le trans-

1. Jean-Louis Quermonne, *Les Régimes politiques occidentaux*, *op. cit.*, p. 15 et suiv.

fert du pouvoir de la majorité à l'opposition, lorsqu'il s'applique à la fois au gouvernement et à l'assemblée parlementaire issue du suffrage universel. C'est le cas en Grande-Bretagne à l'occasion des élections législatives, ou en France à l'occasion des élections présidentielles. Cette « grande alternance » n'est rendue cependant effective dans ce dernier cas que si les élections législatives ont permis de dégager une majorité parlementaire conforme à la majorité présidentielle. L'alternance est aussi « absolue » aux États-Unis quand l'alternance présidentielle et l'alternance au Congrès participent de la même tendance politique, comme cela s'est produit notamment avec les présidences – démocrates – de Roosevelt, Kennedy, Johnson et Carter.

L'alternance relative consiste dans le transfert du pouvoir de la majorité à l'opposition, lorsqu'il ne confère à celle-ci que la maîtrise du seul gouvernement ou de la seule majorité à l'assemblée élue au suffrage universel. Ce type d'alternance n'est pas concevable en régime parlementaire – ou d'assemblée – où le gouvernement procède du Parlement. Mais il correspond aux deux cas précédents dans lesquels la non-concordance des majorités conduit à des formes de « cohabitation », très différentes par ailleurs en France et aux États-Unis.

L'alternance médiatisée : dans ce cas, l'alternance produit certes un effet « absolu » puisqu'elle modifie la donne politique au profit d'une autre équipe. Mais, à l'image de l'Allemagne, aucun parti ne détenant la majorité absolue des sièges, elle n'est pas la conséquence automatique des élections législatives et résulte de l'appoint qu'apporte au parti dominant un tiers parti.

Ajoutons à cette trilogie un quatrième cas, à savoir l'alternance impossible à l'image de la Suisse, où les partis politiques se partagent le pouvoir et rendent vaine la signification alternative de l'élection.

3. Modes de scrutin et inégalités de représentation

On distingue classiquement deux types de modes de scrutin [1], majoritaire et proportionnel, qui connaissent plusieurs variantes. Les premiers tendent à favoriser une logique d'affrontement, les autres une logique de coopération.

Le scrutin majoritaire est celui dans lequel le candidat qui obtient le plus de voix est élu. Il peut être à un tour, le résultat étant acquis dès le premier vote, quelle que soit la répartition des voix, ou à deux tours, la majorité absolue des voix devant être obtenue au premier ou la majorité relative au second. Enfin, le scrutin majoritaire peut être uninominal, les voix se portant sur un nom, ou de liste.

Le scrutin majoritaire uninominal à un tour, dans la mesure où seul le parti dont le candidat est arrivé en tête obtient un siège et que ses adversaires n'ont rien..., a pour effet d'amplifier, en termes de sièges, la domination d'un parti en voix. Il lui permet même d'obtenir une majorité absolue en sièges alors qu'il n'aura recueilli qu'une majorité relative de voix. Ainsi, sur le plan national, le parti arrivé second en voix est sous-représenté en sièges tandis que les autres sont littéralement écrasés. Mais la représentation d'un parti dépend étroitement de la répartition géographique de ses suffrages : un parti très minoritaire mais très bien implanté localement peut arriver en tête dans quelques cas, à l'image du parti nationaliste gallois qui, lors des élections de 1992, n'obtint que 0,5 % des voix en Grande-Bretagne, 8,8 % dans le pays de Galles et finalement 4 sièges, soit 0,6 % du nombre total de sièges. Dans ce cas de figure, la correction qui aboutit à une représentation quasi proportionnelle tient à l'implantation géographique concentrée du parti considéré. A l'inverse, les libéraux britanniques sont victimes d'une implantation

1. Pour une présentation complète, cf. Pierre Martin, *Les Systèmes électoraux*, *op. cit.*

trop homogène sur le territoire national. Ils obtiennent par exemple en février 1974, 19,3 % des voix et 2,2 % des sièges. Ces effets paradoxaux montrent qu'il est plus efficace pour un parti d'obtenir un avantage faible dans beaucoup de circonscriptions qu'une hégémonie complète dans quelques-unes.

Le paradoxe peut aussi aboutir à ce qu'un parti majoritaire en voix sur le plan national soit minoritaire en sièges. Cette situation s'est déjà produite trois fois en Grande-Bretagne, en 1929, en 1951 et en février 1974, où les conservateurs obtiennent 37,9 % des voix contre 37 % aux travaillistes, mais seulement 46,7 % des sièges contre 47,4 % à leurs adversaires.

Le scrutin (uninominal) à deux tours a été notamment utilisé en France pour les élections législatives (de 1876 à 1881, de 1889 à 1914, de 1928 à 1936, et le plus souvent depuis 1958). Il est possible de limiter l'accès au second tour à ceux des candidats ayant recueilli un minimum de voix (10 % des suffrages exprimés en 1966 en France, près de 12,5 % des électeurs inscrits depuis 1976) ou, comme dans le cas de l'élection présidentielle en France, au Portugal ou en Autriche, aux deux candidats arrivés en tête au premier tour. Les effets de ce type de scrutin apparaissent proches du scrutin majoritaire à un tour, en prenant en compte cependant les possibilités d'alliances et de désistement entre les deux tours. Ainsi, plusieurs partis peuvent pratiquer *dès le premier tour* l'unité de candidature (comme en France avec l'alliance UDF-RPR) ou un désistement automatique entre les deux tours pour le parti arrivé en tête au premier (alliance PC-PS en France à différentes époques). Par ailleurs, la dynamique majoritaire de la coalition amplifie donc sensiblement la victoire en termes de sièges : lors des élections législatives de 1981, après la victoire présidentielle de François Mitterrand, l'alliance de gauche PC-PS-radicaux de gauche obtient 55 % des suffrages et 333 sièges contre 45 % à l'alliance UDF-RPR et 158 sièges. Enfin, au sein de l'alliance, le parti dominant bénéficie généralement d'une amplification de sa représentation par rapport aux autres membres de la coalition.

La représentation proportionnelle, comme son nom l'indique, répartit les sièges proportionnellement aux voix obtenues par les listes de candidats. Le mode de scrutin commence par la détermination du quotient électoral dans la circonscription considérée, qui peut être le territoire national, la région, le département. Le quotient s'obtient en divisant simplement le nombre de suffrages exprimés par le nombre de sièges obtenus par le nombre de sièges attribués à la circonscription. Il sera ensuite procédé à la répartition de ces sièges entre les listes en compétition en divisant par le quotient le nombre de suffrages obtenus par chaque liste. En pratique, après la première répartition, il faudra compter avec des restes, c'est-à-dire des voix non représentées et des sièges non pourvus et, en conséquence, procéder à une nouvelle répartition. Dès lors, deux méthodes peuvent être distinguées dans cette seconde opération.

La représentation proportionnelle est *approchée* dès que la répartition est effectuée à l'intérieur de la circonscription et non au plan national. Elle s'opère de deux façons possibles. La répartition *au plus fort reste* consiste à attribuer dans un ordre décroissant les sièges restants aux listes ayant obtenu le plus de voix. La répartition *à la plus forte moyenne* consiste à affecter chaque siège restant successivement à chaque liste en plus de ceux déjà acquis. On calcule alors pour chaque liste le rapport voix/sièges et le siège est attribué à la liste présentant la plus forte moyenne par siège. La méthode du plus fort reste est la moins défavorable aux petits partis tandis que la plus forte moyenne favorise nettement les grands partis. Ainsi, en 1993, en Espagne, le parti socialiste obtient 39 % des suffrages mais 45,4 % des sièges, le parti populaire 35,1 % des suffrages et 40,3 % des sièges tandis que le parti communiste, avec 9,7 % des suffrages, ne se voit alloué que 5,1 % des sièges.

Plus généralement, plus la taille de la circonscription et

le nombre de sièges augmentent, plus la représentation devient proportionnelle. A l'inverse, moins le nombre de sièges à pourvoir est grand (et la taille de la circonscription petite), moins la représentation sera proportionnelle, sauf si, comme on l'a noté, les « petits » partis voient leur influence concentrée dans quelques zones géographiques.

Les scrutins mixtes combinent les éléments des deux systèmes, proportionnel et majoritaire, et leurs effets. En fait, ils utilisent dans des proportions très variables les deux techniques. On n'en citera que quelques illustrations typiques : ainsi du scrutin uninominal à un ou deux tours, combiné à la proportionnelle avec deux types de députés correspondants. Il est utilisé en Russie depuis 1990 où 225 députés sont élus à la proportionnelle dans une seule circonscription – le territoire national – et 225 autres élus dans des circonscriptions locales au scrutin uninominal à un tour. En Italie depuis 1993, trois quarts des députés sont élus au scrutin uninominal à un tour, le quart restant à la représentation proportionnelle. Au Japon, ce sont 300 députés qui sont élus selon le premier mode et 200 selon le second.

D'autres modes de scrutin « mixtes » sont à finalité clairement majoritaire comme la loi électorale municipale en France qui, depuis 1983, assure la moitié des sièges à la liste qui l'emporte au premier ou au second tour, l'autre moitié étant répartie à la proportionnelle (pour les listes ayant obtenu plus de 5 % des suffrages, y compris la liste gagnante).

Cette loi autorise en outre la fusion des listes pour le second tour et favorise donc les alliances.

Les modes de scrutin ne peuvent être indépendamment analysés de la circonscription dans laquelle l'élection se dispute et son découpage peut, en effet, accentuer les inégalités de représentation propres à chaque système, en particulier le mode de scrutin majoritaire. L'idéal, « un homme, une voix », suppose que le poids de chaque électeur soit le même sur toute l'étendue du territoire national.

En pratique, les déséquilibres démographiques dans les découpages électoraux ont été importants mais tendent à se réduire. Ils tiennent à l'absence de redécoupage, qui laisse subsister un cadre sans correspondance avec les évolutions démographiques qui se sont produites, ou bien renvoient à une volonté de manipulation électorale.

La Grande-Bretagne, faute de redécoupage au XIXe siècle, a connu ainsi des situations paradoxales comme les « bourgs pourris » : en 1831, Birmingham, Leeds, Manchester n'ont aucun député tandis qu'Old Sarum compte 7 électeurs avec 2 sièges à pourvoir… L'écart général de représentation est à l'époque de 1 à 60 pour passer de 1 à 7 en 1885. En France, les régions les moins développées étaient systématiquement sur-représentées au détriment des régions les plus dynamiques en termes démographiques dans une proportion d'au moins 10 % sous la IVe République et longtemps sous la Ve République. Ce phénomène très général de sous-représentation des circonscriptions urbaines au bénéfice des circonscriptions rurales se vérifiait encore en 1981 où le député de Marvejols, en Lozère, représentait 26 251 électeurs et celui de Salon-de-Provence 189 351 électeurs (écart de 1 à 7 !).

A côté de l'inertie, le « charcutage » électoral est une autre source d'inégalités. Le « Gerrymander », du nom du gouverneur Gerry du Massachusetts, expert en découpage en forme de « salamandre », aboutit ainsi en 1812 pour l'élection du Sénat de l'État à faire que ses amis politiques, avec 50 164 suffrages, obtiennent 29 sièges contre 11 à leurs adversaires et leurs 51 766 suffrages…

La tentation dans les démocraties modernes est longtemps restée forte pour les gouvernants de tailler pour leurs partisans des circonscriptions « sur mesure ». Depuis les années 1960 aux États-Unis, la Cour suprême impose l'obligation aux États de procéder à un redécoupage de leurs circonscriptions tous les dix ans, en fonction des résultats du recensement. Depuis les années 1980 en France, la jurisprudence du Conseil constitutionnel (s'alignant sur celle du Tribunal constitutionnel d'Allemagne) impose les règles d'un redécoupage périodique conforme aux mutations démographiques afin d'en corriger les effets, tandis qu'en Grande-Bretagne une commission parlementaire en est chargée.

Dans la compréhension des modes de scrutin, il faut prendre aussi en compte les effets de seuil. Dans les systèmes proportionnels, leur niveau élevé peut éliminer les petits partis et atténuer, voire annuler, le caractère proportionnel de la représentation. De 1 % en Israël à 12,5 % au Liechtenstein, en passant par 3 % en Espagne ou 5 % en Pologne, plus ils s'élèvent moins l'effet est proportionnel.

Enfin, l'alternance n'est pas étrangère, on l'a noté, à la logique des modes de scrutin. Les scrutins majoritaires impliquent plutôt une logique d'affrontement, tandis que les scrutins proportionnels favorisent la coopération entre les acteurs. Les électeurs ont en effet dans le premier cas à soutenir la majorité ou l'opposition. Avec le scrutin majoritaire à un tour de type britannique, le parti au pouvoir reçoit des électeurs la mission de gouverner, d'appliquer le programme pour lequel ils ont voté. De même sont favorisées la discipline et la cohésion de la majorité et la stabilité du gouvernement qu'il soutient. Dans le scrutin majoritaire à deux tours, les alliances se sont nouées, comme en France, avant l'élection et les citoyens savent quelle coalition de gouvernement ils vont désigner, alternative confortée et enracinée par l'élection du président de la République au suffrage universel. Avec la représentation proportionnelle, les alliances électorales ne sont pas nécessaires et la coalition gouvernementale peut se former après l'élection, sans que l'électeur ait à ratifier ce choix.

4. Les procédés de démocratie directe

Le peuple élisant ses représentants, la démocratie connaît cette forme principale, héritée directement du régime représentatif où l'élection était réservée à une minorité d'individus exerçant, conformément à la théorie de la souveraineté nationale, une « fonction ». Si l'élection est devenue un droit, le peuple déléguant sa souveraineté, elle peut fonder, comme l'a montré Carré de Malberg, la domination du Parlement et des parlementaires. « Le Parlement, écrit-il en 1931, tirant argument de ce qu'il fait la Loi, s'instituant seul capable d'exprimer la volonté générale et devenant de ce fait détenteur de la souveraineté [dénie] au peuple toute possibilité d'intervention entre les élections. Seul, explique-t-il, le référendum permet de sortir de cette contradiction et de cette confiscation. » Hormis la Suisse, voire quelques États fédérés des États-Unis, les pays occidentaux ont en effet hérité des fondements du régime représentatif et peu pratiquent des techniques de démocratie semi-directe dont le référendum est une figure majeure.

Les référendums peuvent être distingués d'abord par la procédure. Il sera obligatoire, par exemple, pour l'établissement d'une Constitution (en France, la loi constitutionnelle du 3 juin 1958 en pose le principe pour l'adoption de la nouvelle Constitution) ou facultatif (dans le processus de révision constitutionnelle en France). Ensuite, ils pourront être distingués par leur objet : constituant, législatif, « international » (cession de territoire).

Une autre manière de les différencier consiste à percevoir leur portée décisionnelle. L'autorité qui est investie du pouvoir de décision sera tenue dans un cas de suivre l'opinion exprimée par le peuple, ou sera libre de la suivre. En pratique, les référendums de « consultation » ont une force contraignante. L'autorité politique qui consulte le peuple peut-elle sérieusement aller contre son avis exprimé solennellement ? En 1972, le gouvernement norvégien, favorable à l'adhésion de son pays à la Communauté économique européenne, s'incline devant le « non » des citoyens « consultés » sur le sujet. Dans un autre style, la longue réticence des élus locaux en France pour le référendum de consultation a tenu à la difficulté d'aller contre l'avis donné par la population.

La vraie question est en fait celle de l'initiative du référendum. La pratique montre qu'elle appartient le plus souvent aux gouvernants. D'origine gouvernementale, le référendum est pratiqué en France sous la forme constituante et législative. D'initiative parlementaire, le référendum est prévu en Irlande et au Danemark au profit du tiers des députés. Dans ce cas, elle constitue une arme pour l'opposition qui peut demander au peuple d'abroger ou d'empêcher une loi votée par la majorité parlementaire. Dans d'autres pays, le Parlement ne vient que ratifier majoritairement une initiative référendaire du gouvernement. C'est le cas notamment des référendums britanniques. En France, le Parlement peut proposer au chef de l'État d'organiser un référendum législatif, mais il n'est jamais parvenu à ce jour à réunir au sein de chacune des Chambres une majorité favorable.

Enfin, il faut rappeler la distinction franco-française entre référendum et plébiscite[1]. L'usage oppose le premier, qui constituerait une expression pure de la démocratie directe, et le second, qui manifesterait la confiance accordée à un homme en fait d'une manière obligée. Le référendum désigne à l'origine – comme le rappelle l'expression *ad referendum* – un accord conclu par un mandataire sous réserve de l'accord de son mandant. On retrouve ce sens – usuel en diplomatie – dans les Diètes médiévales, notamment en Suisse où les décisions des délégués ne pouvaient être valables qu'après approbation de leurs commettants, à l'occasion le peuple. Puis, la formule s'est étendue plus largement, avec le suffrage universel, marquant solennellement l'accord du souverain aux décisions de ses représentants.

Le plébiscite signifie dans l'histoire romaine « décret de la plèbe », c'est-à-dire toute décision émanée de son

1. Cf. nos réflexions sur ce sujet déjà exposées *in* Dominique Chagnollaud et Jean-Louis Quermonne, *Le Gouvernement de la France sous la Ve République*, Paris, Fayard, 1996, p. 95 et suiv.

assemblée puis, par extension, la loi. Cette forme d'« appel au peuple » est usitée en France pour ratifier la Constitution de l'an VIII (approbation du Consulat) en 1799, puis à diverses occasions sous le second Empire. Le terme désigne alors strictement le texte adopté, résultat de la procédure de consultation populaire. C'est par un glissement sémantique que le plébiscite va désigner non plus le texte, mais la procédure largement entachée par les irrégularités qui vicient l'expression du suffrage. Ce sont donc plus les conditions et les contextes dans lesquels se déroule la consultation que la consultation elle-même qui vont pour longtemps disqualifier – en particulier pour les républicains de la IIIe République formés sous le second Empire – ce type de procédure. Et la tradition démocratique française sera dès lors emprunte de méfiance à l'endroit de toute expression directe de la souveraineté du peuple. La pratique gaullienne du référendum sous la Ve République, liant la consultation sur un texte à une question de confiance du chef de l'État, n'a pas contribué à atténuer cette méfiance alors qu'elle a pourtant rencontré une aspiration populaire.

Parmi l'ensemble des procédures qui permettent au peuple d'intervenir directement dans les décisions politiques, l'*initiative populaire* est sans doute la plus intéressante à analyser et la plus conforme aux canons de la démocratie directe. Elle peut consister à proposer l'abrogation partielle ou totale d'une loi, ou à présenter un projet de loi.

L'Italie connaît ainsi l'initiative législative populaire qui autorise 50 000 électeurs à proposer une loi au Parlement. Mais rien n'oblige en cas de non-vote de recourir au référendum. Surtout, la Constitution prévoit le référendum d'abrogation, à l'initiative de 500 000 électeurs (ou de cinq conseils régionaux), demandes triées dans la forme par la Cour de cassation et sur le fond par la Cour constitutionnelle qui statue sur la validité de la requête, facilitant d'ailleurs ainsi les tendances expansionnistes de sa jurisprudence. Ces demandes émaneront souvent de groupes d'intérêt minoritaires ou de formations politiques contestataires. Le référendum aura pourtant permis aux Italiens de s'exprimer sur des sujets comme le divorce ou l'interruption volontaire de grossesse dans les années 1970. Au total, de 1970 à 1990, dix-sept propositions ont été soumises au vote populaire mais seuls les référendums de 1987 ont permis d'abroger des lois contestées, tandis que, en 1990, les référendums, malgré une majorité favorable, n'ont pu être adoptés faute d'une participation électorale supérieure à la moitié du corps électoral.

Aux États-Unis, dans trente-sept États, la Constitution prévoit que la législature peut décider qu'une loi ne deviendra effective qu'avec l'approbation de l'électorat. En outre, une autre procédure prévoit une période de latence avant l'entrée en vigueur de la législation. Si, durant cette période, une pétition est déposée dans les conditions requises par les Constitutions de chaque État fédéré, la loi ne produit pas d'effet avant d'avoir été adoptée par le corps électoral. Dans vingt et un États, des lois et amendements constitutionnels peuvent être introduits par l'initiative populaire grâce à une pétition signée par un certain pourcentage d'électeurs (entre 5 % et 15 %). Enfin, dans quinze États, il est possible aux électeurs de destituer un élu *(recall)* en soumettant au scrutin une pétition dans ce sens, signée par un pourcentage déterminé d'électeurs (jusqu'à 30 %).

Tandis que le *recall* est très peu usité, compte tenu de la fréquence des élections, l'initiative est le procédé le plus pratiqué, jusqu'à l'excès depuis les années 1970. Beaucoup utilisé dans les années 1910, puis 1930, avant de tomber en désuétude[1], son usage connaît une vigueur renouvelée. Le coût des campagnes en faveur des initiatives est souvent élevé et celles-ci sont devenues un vrai

1. Bernard E. Brown, *L'État et la politique aux États-Unis*, Paris, PUF, 1994, p. 366.

commerce, en particulier en Californie où des compagnies spécialisées prennent en charge le processus qui doit la mener à terme (coût de un million de dollars). Elle avantage donc les groupes d'intérêt puissants, désireux de modifier l'appareil législatif. Une fois votées, les initiatives sont d'ailleurs aussi attaquées de manière croissante devant les tribunaux pour inconstitutionnalité, renforçant ainsi le pouvoir judiciaire. Surtout, la multiplication des propositions (deux cents en 1990 pour la seule Californie) aboutit à une extrême faiblesse de la participation électorale, encouragée d'ailleurs par la complexité des questions soulevées, parfois pour tromper l'électeur. Dès lors, explique Bernard Brown, « le sentiment se généralise maintenant que le temps nécessaire à lire et à comprendre les propositions est excessif et que les représentants élus devraient s'occuper de ces affaires[1] ».

En Suisse, le référendum est obligatoire en matière de révision constitutionnelle, de ratification des traités d'adhésion à des organisations de sécurité collective ou à des communautés supranationales. Le référendum facultatif est organisé si le corps électoral (50 000 citoyens) ou huit cantons demandent (ils ne l'ont jamais fait à ce jour) à remettre en cause une loi fédérale, un arrêté fédéral ou certains traités. L'initiative populaire, enfin, suppose le recueil de 100 000 signatures. Il peut s'agir d'une initiative de « révision totale », engageant le renouvellement des Chambres, ou « partielle » se présentant en forme de projet de loi constitutionnelle détaillé ou formulé en termes généraux, laissant dans ce cas aux parlementaires le soin de préciser ultérieurement la rédaction en cas d'adoption. Localement, le droit des cantons permet le référendum législatif et administratif et la remise en cause de la loi cantonale comme des décisions administratives cantonales ou communales. En outre, toutes les Constitutions cantonales permettent de soumettre aux électeurs, de manière facul-

1. *Ibid.*, p. 367.

tative ou obligatoire, les dépenses dépassant un certain seuil ou de nouveaux impôts. Si la pratique du référendum législatif d'initiative populaire est la plus remarquable, elle ne mobilise jamais plus de la moitié des citoyens, à l'exception notable (78,3 %) du référendum du 6 décembre 1992 sur l'adhésion à l'espace économique européen.

Malgré ses défauts et ses ambiguïtés, la procédure référendaire peut mettre à jour la contradiction entre la volonté exprimée par les représentants et leurs mandants d'alerter les gouvernements sur certaines questions clés, peut aider parfois à relégitimer un système politique atteint dans ses soutiens, voire à trancher des questions en imposant des solutions démocratiques dont ni le gouvernement ni le Parlement ne souhaitent endosser la responsabilité.

2

Le vote

Le vote représente la forme minimale la plus répandue de la participation politique définie comme l'ensemble des « activités des citoyens qui visent plus ou moins directement à influencer la sélection du personnel gouvernemental et/ou des actions qu'il entreprend[1] ». Il est un acte par lequel l'individu affiche sa citoyenneté, le vote constitue en même temps, pour l'observateur de la « chose publique », la mesure la moins contestable d'un intérêt exprimé pour la politique. Seul le vote tend à mobiliser les citoyens, à la différence des autres activités politiques qui ne concernent en réalité qu'une minorité. Le vote reste donc, dans les démocraties pluralistes, le seul acte qui mobilise plus de la moitié des citoyens dans les démocraties occidentales.

Il faut souligner à l'inverse que nombreux sont ceux qui s'abstiennent (près de 50 % aux États-Unis ou en Suisse, etc.). Il convient de distinguer avec Alain Lancelot deux types d'abstentionnisme[2]. Le « premier » est lié à une faible insertion sociale. Il s'agira des plus démunis (qui recouvre aussi le plus largement le phénomène de non-

1. Sidney Verba et Norman H. Nie, *Participation and Political Democracy*, *op. cit.*, p. 2.

2. Alain Lancelot, *L'Abstentionnisme électoral en France*, *op. cit.*

inscription sur les listes électorales), d'habitants de lieux isolés ou au contraire de personnes mal intégrées dans des agglomérations urbaines (l'abstentionnisme croît avec la taille de la commune), de femmes veuves ou divorcées, de catégories socioprofessionnelles très défavorisées (ouvriers non qualifiés, manœuvres) ou d'« exclus ». Le second est celui d'individus intégrés socialement, très intéressés par la politique mais insatisfaits de l'offre électorale. Si le premier type recoupe largement ce que l'on appelle l'abstentionnisme régulier, en pratique la population des abstentionnistes n'est ni homogène, ni stable : en France, moins de 10 % des citoyens s'abstiennent constamment tandis que moins de la moitié des citoyens vote à chaque élection.

Ces deux approches de l'abstentionnisme, non exclusives l'une de l'autre, éclairent aussi l'explication du comportement électoral, l'une sociologique parce que l'individu est perçu comme relié aux milieux auxquels il appartient (approche « écologique »), l'autre plus attentive à l'offre politique et au choix raisonné de l'électeur (approche « stratégique »).

A. Vote et analyse écologique

Par analyse « écologique », il faut entendre l'étude des milieux d'appartenance des électeurs soit au sens de l'espace dans lequel ils s'insèrent (le territoire et son histoire), soit au regard des caractéristiques sociales de l'individu (les facteurs sociaux).

1. Géographie et histoire

Pour tenter d'expliquer le comportement électoral, la science politique a d'abord initié une tradition durable autour de la géographie électorale. Ainsi sont mis en lumière la répartition géographique du vote et les pesanteurs de traditions historiques et culturelles, parfois saisissantes par leur continuité dans le temps.

L'ouvrage pionnier en la matière est celui d'André Siegfried, *Tableau politique de la France de l'Ouest sous la IIIe République* paru en 1913, étudiant la relation entre la géographie et la répartition des votes. Il distingue « l'électorat du granit », c'est-à-dire du bocage au sol granitique, retenant l'eau et favorisant l'implantation de grandes propriétés autour de puits nombreux, et « l'électorat du calcaire », de la plaine, aux points d'eau rares tendant aux petites exploitations regroupées en villages. Ce cliché géographique ne peut se comprendre qu'au travers des facteurs qui fondent cette distinction : le régime de la propriété foncière et la religion. En terre « granitique », l'habitat est dispersé, les fermes éparpillées et le sol dans les mains de grands propriétaires contrôlant métayers et fermiers et assurant l'influence des partis conservateurs. Par ailleurs, au contrôle social de la grande propriété est associée l'influence du clergé et du catholicisme qui sert de lien social à cette communauté éclatée. Dans les zones calcaires, l'habitat est regroupé en des villages où vivent des petits propriétaires, plus attachés aux valeurs égalitaires, ouverts à l'extérieur et plus éloignés du catholicisme. Ils constituent les points d'appui de la gauche.

Sans doute Siegfried reconnaît-il lui-même non seulement les exceptions à son modèle explicatif mais aussi ses insuffisances confirmées par des recherches ultérieures mieux armées. Mais l'analyse électorale lui est redevable d'avoir découvert la nécessité d'étudier le temps long pour comprendre le présent. L'auteur de *Paysans de l'Ouest*, Paul Bois, écrit à ce propos : « Nous partons de cette idée, suggérée par l'échec de Siegfried, que l'étude du passé est indispensable à la compréhension du présent[1]. » L'auteur s'attache à un département, la Sarthe, pays de bocage qui

1. Paul Bois, *Paysans de l'Ouest*, Le Mans, Maurice Vilain, 1960, p. 8.

voit s'opposer deux populations politiquement hostiles ; la partie ouest du département, conservatrice et cléricale et sa partie est, progressiste et anticléricale. Cet affrontement électoral se manifeste tout au long du XIXe siècle et jusqu'aux élections législatives de 1956... Pourtant, en 1789, cette opposition n'existe pas, et au vu des cahiers de doléances, l'auteur montre que la partie ouest est plus anticléricale que la partie est. Pour comprendre cette évolution, l'auteur dégage en premier lieu des structures sociales distinctes : à l'ouest, « l'homogénéité sociale » est mieux réalisée, une région fertile, des paysans aisés qui n'ont point besoin de se placer sous la protection des bourgeois des villes, peu d'artisans. A l'est, des paysans pauvres, des tisserands, toute une population qui vit avec la cité, son marché, ses idées. Le conflit va se nouer à l'occasion de la nationalisation, puis la vente des biens du clergé qui s'opèrent dans les années 1790-1792. Celle-ci va se faire au profit de l'est, de la bourgeoisie des villes porteuses des valeurs de la Révolution française, tandis que les paysans pauvres ne peuvent, en tout état de cause, les acquérir et restent dépendants de la cité. A l'ouest, les paysans aisés qui en attendaient le bénéfice se voient frustrés, déçus et sont bientôt révoltés. Cet événement fondateur lié à d'autres (levée en masse qui touche la paysannerie, etc.) les engage dans la chouannerie, l'est demeurant dans la « légalité » révolutionnaire. La guerre civile ne fera qu'accentuer cette frontière et nourrir des idéologies adverses.

D'autres recherches, comme celle de Michel Lagrée étudiant la persistance de la contre-révolution dans la région de Vitré, montrent comment, en dépit du remplacement des générations, en fait grâce à la transmission de la mémoire entre elles perdurent des systèmes d'interprétation, des identités politiques collectives que les forces politiques – de « droite » ou de « gauche » – s'attachent à entretenir et à magnifier.

Sans doute, on l'a noté, ces traditions demeurent-elles d'autant plus vivaces que l'espace géographique est peu ouvert, rétif à l'organisation moderne et à dominante rurale.

Disciple d'André Siegfried, François Goguel[1] **a aussi mis à jour d'étonnantes continuités de la géographie électorale**, mais souligné leur érosion lente depuis les années 1950, à la faveur de l'urbanisation, de l'uniformisation des modes de vie, de la nationalisation croissante des enjeux électoraux. Malgré cet affaiblissement, il convient de noter des continuités suggestives s'agissant de la géographie électorale française. Comparant ainsi la distribution des votes sur le premier projet de Constitution en mai 1946 (où la « droite » appelle à voter « non ») et le vote en faveur de Valéry Giscard d'Estaing, au second tour de l'élection présidentielle de 1974, Goguel trouve de fortes similitudes en rapport avec la pratique religieuse : l'Ouest, particulièrement l'Ouest intérieur, Calvados, Mayenne, Deux-Sèvres, Maine-et-Loire, Vendée, l'Est alsacien et lorrain, les bordures du sud du Massif central avec la Loire, la Haute-Loire, l'Ardèche, l'Aveyron, la Lozère, etc. On retrouve ces correspondances lors de l'élection présidentielle de 1988 et de 1995. Ces permanences même grossières tiennent à celles de réseaux politiques, sociaux, d'élites, qui favorisent et entretiennent les identités, socialisent les nouveaux venus mais interprètent aussi, au regard des spécificités locales, le renouvellement des figures que peuvent se donner la droite et la gauche.

2. Les facteurs sociaux

Si l'étude sur le temps long rattache l'individu à un territoire, l'approche sociologique moderne, initiée aux lendemains de la Seconde Guerre mondiale aux États-Unis, relie celui-ci à ses milieux sociologiques, économiques et

1. François Goguel, *Chroniques électorales*, *op. cit.*

culturels d'appartenance[1]. C'est en corrélant ces variables avec le vote que sont mises en lumière des probabilités de choix politiques.

a) Les variables sociologiques

• ***Le sexe*** : Comme l'écrit Colette Ysmal, « l'idée d'un comportement électoral spécifique des femmes ne résiste pas à l'examen[2] », en particulier s'agissant de leur conservatisme présumé. Lors de l'élection présidentielle française de 1965, 39 % des femmes contre 50 % des hommes ont voté à gauche, tandis qu'en 1981 la différence tombe à six points et s'est depuis stabilisée autour de deux à quatre points. En 1988, 47 % des femmes ont même voté à gauche contre 44 % des hommes. En fait, c'est l'exercice d'une profession qui a une influence déterminante sur l'orientation du vote. La « femme au foyer » est prédisposée à des comportements traditionnels et conservateurs, et favorable à des formations politiques valorisant la femme comme épouse et mère (et d'autant plus si elles sont catholiques et n'ont pas fait d'études). Le travail, au contraire, favorise l'alignement sur un comportement électoral « masculin ». On a même pu constater qu'aux États-Unis, en France ou en Scandinavie, les femmes, dans les mêmes années 1970, bénéficiant d'une position sociale élevée ou d'un niveau élevé d'études votent plus à gauche que leurs homologues masculins[3].

En quelques décennies, les femmes ont fait leur entrée sur le marché du travail, bénéficié d'une instruction accrue, sans toujours cependant occuper des emplois plus qualifiés, mais ont aussi été touchées par le mouvement d'« émancipation » des années 1970 (maîtrise de la fécon-

1. Sur la dimension socioculturelle de la participation politique en général, cf. *supra*.

2. Colette Ysmal, *Le Comportement électoral des Français*, Paris, La Découverte, 1990, p. 28.

3. Nonna Mayer, Pascal Perrineau, *Les Comportements politiques*, *op. cit.*, p. 81.

dité, égalité politique, etc.). Le vote féminin conserve cependant une spécificité : la réticence pour le vote en faveur des extrêmes, de gauche ou de droite.

• ***L'âge*** : Cette notion, entendue au sens du vieillissement biologique, n'a pas d'effet réel sur le comportement électoral. Il renvoie tout autant au phénomène de génération (guerre, crise économique, avoir 20 ans en 1968) qu'à des cycles de vie. Le terme de génération est lié, écrit Annick Percheron, à « la notion de communauté d'expériences et à la marque durable imprimée par certains événements sur une classe d'âge particulière [1] ». Ainsi, dans les années 1967-1978, la gauche gagne en France 27 points chez les 18-24 ans et 17 points chez les 25-34 ans, tandis qu'elle perd, dans les années 1978-1986, 19 points chez les 18-24 ans et 4 points chez les 25-34 ans. La « génération 68 » a favorisé la gauche tandis que la suivante, dix années plus tard, était trop jeune pour connaître les événements mais vivra sa majorité politique alors que la gauche va bientôt exercer le pouvoir. Cette modification du comportement électoral assez sensible ne décrit donc pas un « effet d'âge » mais de génération. Seuls les retournements successifs que l'on peut observer peuvent permettre de souligner avec Nonna Mayer le « radicalisme » de la jeunesse au sens où elle embrasse d'autant plus facilement des mouvements extrêmes qu'elle est peu intégrée socialement. Ainsi, la « jeunesse » n'a pas d'inclination politique propre si ce n'est qu'elle amplifie plutôt les tendances électorales du moment, ses choix n'étant pas vraiment arrêtés.

De même, le « conservatisme » présumé des personnes âgées participe moins du vieillissement biologique que de l'inactivité et du repli sur le foyer, passé l'âge de la retraite, ainsi que d'un patrimoine plus diversifié, une pratique religieuse plus élevée, et au sein de la catégorie

1. Annick Percheron, « Age, cycle de vie, génération, opinion et comportement électoral » in *Explication de vote* (coll.), Paris, Presses de la FNSP, 1985, p. 235.

des personnes âgées, d'un plus grand nombre de femmes inactives.

b) Les variables socio-économiques

Ces variables, souvent qualifiées de lourdes, renvoient à la position sociale, le revenu, la détention d'un patrimoine. Ainsi les membres des groupes socioprofessionnels les plus favorisés votent plus généralement à droite qu'à gauche. Cette relation ne vaut que si le groupe en question est très homogène (aux deux « extrêmes », les patrons de l'industrie et du commerce et les ouvriers). En fait, la relation est plus décisive si l'on s'attache au clivage indépendants/salariés. Le rapport au travail (indépendance/dépendance) éclaire l'inclinaison des professions indépendantes à voter à droite (agriculteurs, commerçants, professions libérales, industriels), à l'opposé des professions salariées. S'agissant de ces dernières, il faut distinguer le type d'entreprise (les salariés du secteur public votant plus à gauche que ceux du privé), mais aussi les secteurs (les employés de bureau des employés de commerce, par exemple) et la position occupée dans l'entreprise (les contremaîtres et agents d'encadrement votent moins à gauche que les ouvriers).

Ce rapport au travail n'est pas mécanique mais participe aussi d'un heritage de valeurs et de croyances d'autant plus prégnant que l'individu est inséré dans le milieu en question. Nonna Mayer[1], à propos des petits commerçants en France, a pu montrer que plus on est intégré dans ce monde (père et mère, conjoint, premier emploi et profession actuelle), plus on vote à droite. De même, a-t-on souligné dans les années 1970 que ce sont les ouvriers qui l'ont toujours été et qui sont fils d'ouvriers et ayant un conjoint ouvrier qui votent le plus à gauche.

Le rapport au travail est une vision du monde. Les variables « lourdes » ne jouent qu'à travers le prisme de

1. Nonna Mayer, *La Boutique contre la gauche*, Paris, Presses de la FNSP, 1986.

l'identification subjective et au groupe social. Ainsi, en France en 1989, les ouvriers, les employés et les professions intermédiaires votent d'autant plus à gauche qu'ils s'identifient à la « classe ouvrière ». A l'inverse, le sentiment d'extériorité à cette classe et le sentiment d'appartenance à la classe moyenne favorisent le vote à droite mais aussi à l'extrême droite. De même, en Grande-Bretagne, Butler et Stokes, en 1974, ont pu souligner, moins qu'une équation « classe = parti », que l'identification à la classe ouvrière dans la strate sociale supérieure et l'identification à la classe moyenne dans la strate sociale inférieure, se traduisent par une orientation politique contraire à l'orientation dominante de la strate considérée[1].

On retrouve la pesanteur de ces systèmes symboliques dès lors que l'on étudie les « stratégies patrimoniales ». Jacques Capdevielle[2] ont montré que la possession d'un patrimoine diversifié est fortement correlée avec un vote à droite (quel que soit le niveau de revenu). L'idéologie patrimoniale est faite de transmission d'un héritage, de l'attachement à la famille.

c) Les variables socioculturelles

La prégnance des systèmes symboliques s'affirme encore plus nettement dès lors que l'on s'attache au facteur le plus prédictif du vote : **la religion**. Le degré d'intégration religieuse en France, comme l'ont montré Guy Michelat et Michel Simon, est très discriminant[3]. La probabilité pour le vote de droite s'accroît avec le degré d'intégration religieuse (mesuré par la pratique) comme le montrent encore les élections européennes de 1989[4]. Les

1. David Butler et Donald Stokes, *Political Change in Britain*, *op. cit.*

2. Jacques Capdevielle, *Le Fétichisme du patrimoine*, Presses de la FNSP, 1986.

3. Guy Michelat et Michel Simon, *Classe, religion et comportement politique*, *op. cit.*

4. Enquête postélectorale Sofres citée par Colette Ysmal, *op. cit.*, p. 54.

personnes se déclarant sans religion votent très majoritairement à gauche. Ceux qui assistent chaque dimanche à la messe, participent occasionnellement à la vie de l'église et se déclarent catholiques mais non pratiquants votent respectivement à 77 %, 60 % et 40 % pour la droite.

La pratique religieuse n'explique pas en soi le vote à droite puisque la moitié des électeurs de droite sont non pratiquants ou sans religion. Mais elle indique une forte probabilité, à la réserve près que la notion même de pratique religieuse a sensiblement évolué depuis les années 1970 (le pratiquant régulier est, de nos jours, celui qui va à la messe une fois par mois contre chaque dimanche dans le passé). Cette relation demeure forte puisque, par exemple, un ouvrier catholique pratiquant sera plus proche électoralement d'un cadre supérieur que d'un ouvrier irreligieux. La culture catholique, entretenue par l'Église, les associations, syndicats, écoles chrétiennes, idéalise la famille, défend un certain nombre de valeurs morales, la famille, l'autorité, tient en suspicion ce qui divise et valorise, au sens large, le patrimoine. Cette communauté de valeurs avec la droite[1] a résisté aux transformations qui ont affecté le catholicisme : « catholicisme de gauche », le concile de Vatican II, affaiblissement de la pratique religieuse. La *structure* reste identique même si elle subit des variations conjoncturelles, d'autant mieux qu'elle renvoie à des croyances fondamentales sur la destinée humaine qui s'accordent avec une façon de croire axée sur la transmission des valeurs, l'importance accordée au foyer et à la famille.

Appartenance au monde des indépendants et particulièrement pratique religieuse constituent les variables les plus prédictives en France. Mais que faut-il déduire de la relation observée avec le vote ? Celle-ci n'est pas à sens

1. Philippe Braud, « L'inclination des catholiques pratiquants vers la droite. Essai d'interprétation. », *Mélanges Burdeau*, Paris, LGDJ, 1977.

unique : un petit commerçant votera à droite autant parce qu'il conteste l'interventionnisme de l'État et la gauche « collectiviste » que parce qu'il incline par le choix de son activité en faveur de valeurs individualistes. Le catholique pratiquant va-t-il à la messe parce qu'il est de droite ou est-ce son conservatisme qui le conduit à pratiquer sa religion ? La corrélation dans ce cas, et *a fortiori* dans les autres, est à double sens et doit s'entendre comme une probabilité. S'agissant toujours de la religion, Richard Rose a montré que cette variable l'emportait sur les autres variables explicatives dans cinq pays dont la France : Canada, Pays-Bas, Belgique, Italie (voire aussi en Allemagne ou en Espagne) au contraire de la classe sociale en Suède, Finlande, Norvège, Australie, Grande-Bretagne.

Par ailleurs, les analyses qui rendent compte de ces corrélations dressent des types idéaux opposés. Ils n'épuisent pas la diversité d'appartenance d'un individu à plusieurs groupes ou sous-cultures mais indiquent des tendances, des probabilités plus fortes que d'autres.

Si l'on s'attache au caractère prédictif de la variable religieuse, il est possible de rapprocher cette forme d'identification de la notion d'« identification partisane », développée dans les années 1960 par les chercheurs de l'université de Michigan. Si elle s'apparente à la première en ce qu'elle suppose une vision du monde et de la société, elle ne peut être comparée sérieusement en termes d'intensité, de globalité et surtout de perdurance. Certes, l'« identification partisane » fut longtemps considérée aux États-Unis comme le facteur le plus prédictif du vote. L'orientation et l'intensité des attitudes à l'endroit de l'un des deux grands partis américains forgées très tôt, le plus souvent dès l'enfance, demeurent durables (deux électeurs sur trois déclarent la même identification partisane que lors de leur premier vote présidentiel) et s'accordent massivement avec le vote dans les années 1960. Il reste que cette identification a tendance par la suite à faiblir considérablement (40 % des électeurs refusant de s'identifier à un parti en 1978) et à être de moins en moins affirmée quand elle s'exprime (27 % des électeurs votent pour un autre candidat à l'élection présidentielle en 1978 contre 12 % environ en 1956). Entrée de nouvelles générations sur le marché électoral marquées par la guerre du Viêt-nam, insatisfaites de la donne politique et des partis traditionnels, vote plus axé sur des enjeux de société que sur des programmes traditionnels, etc., telles sont quelques-unes des explications apportées à ce « désalignement » partisan qui souligne peut-être à l'inverse la fragilité des explications données jadis. Cet affaiblissement sensible de l'identification partisane s'observe aussi en Grande-Bretagne et marque, dans les deux cas, l'affaiblissement corrélatif de la cellule familiale comme mécanisme de transmission des identifications politiques.

B. L'analyse en termes de marché

Si les corrélations socioculturelles évoquées plus haut continuent, même de façon atténuée, à se vérifier, c'est surtout la constatation de l'affaiblissement de l'identification partisane aux États-Unis et la découverte de la « volatilité électorale » qui ont conduit à réhabiliter outre-Atlantique – puis en France – le modèle de l'électeur stratège ou consommateur mais aussi, plus largement, l'analyse économique de la vie politique.

1. Marché et politique

Les théories qui visent à analyser la politique en termes de marché et de rationalité économique s'accordent pour l'essentiel (avec des exceptions) sur un postulat simple : l'individualisme méthodologique. C'est l'acteur rationnel qui, au regard de sa situation spécifique, adopte une stratégie particulière, conforme à son intérêt et à la conscience qu'il en a. Pour autant le concept de marché n'est pas lié uniquement à cette approche individualiste mais irrigue aussi la sociologie inspirée de Pierre Bourdieu.

a. Joseph Schumpeter a tenté de transposer partiellement la notion de marché à l'analyse politique. Si sa théorie de la démocratie emprunte ainsi son principe – la concurrence – à la logique du marché, il n'opère pas cependant de transposition systématique. « Certes, tous les partis se muniront, cela va de soi, écrit-il, à tout moment considéré d'un stock de principes ou de "planches" de plate-forme électorale, et ces articles peuvent caractériser ce parti et contribuer à son succès, tout comme les marques des marchandises vendues par un grand magasin peuvent caractériser ce grand magasin et contribuer à sa réussite. Cependant un grand magasin ne peut être défini par ses marques et un parti ne peut pas davantage être défini par ses principes. Un parti est un groupe dont les membres se proposent d'agir de concert dans la lutte concurrentielle pour le pouvoir politique. S'il n'en allait pas ainsi, il serait impossible que des partis différents adoptent exactement ou presque exactement le même programme – et pourtant ceci advient, comme nul ne l'ignore[1]. »

Anthony Downs[2] a systématisé cette perception en postulant qu'économie et politique sont régulées par le même moteur : l'intérêt.

Dans ce cadre, on passe du marché comme analogie permettant de disposer d'un cadre d'analyse commode, voire pédagogique, de la vie politique à un schéma explicatif calqué sur les ressorts de la compétition économique. L'acte de vote est un calcul de l'électeur qui cherchera à maximiser son profit ou son gain, en fonction de ses intérêts propres. Il choisira donc un candidat en fonction des

1. Joseph Schumpeter, *Capitalisme et démocratie*, Paris, Payot, 1983, p. 373-374.

2. Anthony Downs, *An Economic Theory of Democracy*, *op. cit.* ; cf. aussi Jacques Attali, *Une analyse économique de la vie politique*, Paris, PUF, 1972.

programmes offerts et, partant, celui censé lui procurer le plus de bénéfices au moindre coût. Ce bénéfice sera matériel (avantages fiscaux escomptés), ou symbolique.

Ce modèle suppose la capacité de l'électeur à hiérarchiser des alternatives en fonction de la conscience qu'il a de ses préférences au vu des promesses des candidats. Cette théorie à dominante économiste suppose donc une sorte de transparence totale du marché et une rationalité objective de ses acteurs. Mais celle-ci est à l'évidence très relative et, sauf à définir le comportement rationnel comme une norme, on voit mal quel contenu précis donner à cette notion. Dans ce schéma, le plus étonnant n'est-il pas que l'électeur vote ? Après tout, faute d'informations complètes – coûteuses en temps à rechercher – et surtout d'assurance d'obtenir un bénéfice, les électeurs devraient dans leur grande majorité s'abstenir. Downs explique alors que l'électeur est en fait attaché au système démocratique et à ses valeurs, ce qui ne renvoie pas strictement au calcul économique… De même, l'auteur, conscient de l'absence de transparence du marché et de l'information incomplète de l'électeur, explique que les partis politiques produisent des idéologies qui compensent ce manque d'informations et permettent aux citoyens de s'identifier à une gamme de produits.

Dans le même esprit, **le modèle consumériste** de **Hilde Himmelweit**[1] **fait de l'électeur un consommateur qui va, en quelque sorte, faire son marché.** Il est influencé par sa préférence éventuelle pour des marques anciennes (identifications partisanes), ses habitudes d'achat (votes passés), des groupes de référence (milieux familial, professionnel, etc.) et va choisir d'acheter tel ou tel produit politique (parti, candidat).

Ce modèle, appliqué en particulier en Grande-Bretagne, est censé rendre compte à la fois de la volatilité électorale, contredisant donc le postulat de stabilité de l'université de Michigan, et décrire un nouveau profil d'électeur, plus

1. Hilde Himmelweit *et al.*, *How Voters Decide ?*, *op. cit.*

jeune, plus instruit, plus attentif aux enjeux et qui règle son comportement politique sur le modèle du choix consumériste. Et de prédire que leurs enfants transmettront des comportements « volatiles », faiblement encadrés par les « variables lourdes » que l'on a décrites plus haut.

Certes, cette analyse met en lumière les conditions de l'offre, thèmes de campagne, saillance de certains enjeux porteurs (insécurité, immigration, etc.). Elle appelle à remettre en cause, comme le modèle stratégique, le confort intellectuel qu'apporte l'étude des variables lourdes. Mais elle reste peu convaincante quant à l'idée de l'avènement d'un « nouvel électeur ». D'une part, cette « nouveauté » correspond d'abord à une réorientation des recherches sous l'influence des thèses individualistes et s'accompagne d'effets de mode évidents ; d'autre part, la consistance même de ce nouvel électorat laisse songeur. Ainsi en France, les études du CEVIPOF ont clairement montré qu'environ 70 % des électeurs avaient conservé une orientation politique stable de 1986 à 1988. Surtout, elles mettent en lumière que la « volatilité » correspond moins à une nouvelle génération qu'à des électeurs qui se démobilisent ou se remobilisent d'une élection à l'autre (environ 20 % sous la Ve République). Leur profil n'est pas celui des jeunes « instruits, attentifs » mais faiblement scolarisés, peu intéressés par la politique[1]. En fait de nouvel électeur et de volatilité électorale, ont été redécouverts ce que l'on appelle « les indécis » et, jadis, le « marais ».

Même si l'on admet une mobilité accrue de l'électorat, on voit mal comment celle-ci correspondrait à une transformation radicale d'un comportement électoral, soudainement libéré de ses déterminations socioculturelles pour passer à une sorte d'âge adulte de la démocratie. On relie alors arbitrairement l'objet d'un phénomène objectif – la volatilité croissante de l'électorat – à une interprétation univoque, l'électeur devenu « stratège ». Ce désalignement croissant

1. Nonna Mayer, Pascal Perrineau, *op. cit.*, p. 87.

peut aussi tout autant signifier que les mécanismes de socialisation politique fonctionnent mal, que cet affaiblissement de l'identification partisane traduit une forme croissante d'exclusion sociale et politique tout autant qu'un choix « raisonné ». Enfin et surtout, on voit mal pourquoi ce modèle explicatif serait en contradiction avec l'explication traditionnelle du vote par des variables socioculturelles qui ont longtemps permis de l'analyser. Ici encore, contrairement à une autre idée reçue, l'appartenance socioculturelle ne « détermine » pas l'individu mais exprime sa vision du monde. Pourquoi celle-ci serait-elle étrangère à l'intérêt objectif ou subjectif qu'il perçoit à voter pour tel ou tel candidat, compte tenu d'une offre particulière ?

b. La notion de marché a aussi, on l'a noté, son pendant dans la sociologie de Pierre Bourdieu. « Le marché de la politique est sans doute l'un des moins libres qui soit[1] », écrit-il, son accès étant en permanence contrôlé : ce marché s'organise en oligopole, sous l'action d'agents producteurs d'offre qui, grâce à leur compétence spécifique, y ont accès. Cette concentration des producteurs d'offre éliminant les petits entrepreneurs a deux conséquences directes sur le jeu politique : d'une part, ceux-ci s'autonomisent par rapport aux autres agents et, pour une meilleure efficacité, rationalisant leur travail ; d'autre part, cette concentration amenuise le peu de compétence des consommateurs de produits politiques qui, dès lors, dépendent encore plus des producteurs. Le jeu politique est alors semblable à un marché sur lequel sont confrontées une offre et une demande, certains groupes sociaux – en particulier les plus démunis – consommant la production des autres groupes sociaux dominants[2].

1. Pierre Bourdieu, « La représentation politique. Éléments pour une théorie du champ politique », *Actes de la recherche en sciences sociales*, n° 36-3, février-mars 1981, p. 4.

2. Cf. par exemple, Daniel Gaxie, *La Démocratie représentative*, *op. cit.*

c. Dans ces différentes versions, l'analogie entre marché et politique, malgré son succès, reste bien imparfaite. Sur le principe, on peut certes admettre que le « marché politique » est un lieu où s'échangent des produits politiques contre des votes et des soutiens. Ce marché s'est progressivement différencié avec la démocratie et possède des logiques d'échanges tantôt redevables à la rationalité des acteurs dans la perspective individualiste, tantôt dépendantes de modes de domination sociale dans l'analyse de Bourdieu et de son école. Le marché se structure en vertu de la professionnalisation de la politique et de ses organisations, de la segmentation électorale différenciant des clientèles plus ou moins captives et de la mise en place d'une série de techniques électorales, institutionnelles. Les entrepreneurs politiques ou les entreprises politiques disposent de « capitaux » divers et offrent à leur clientèle des biens collectifs matériels (politiques publiques), immatériels (programmes, promesses électorales, discours), privés ou individuels (services, argent, emplois, etc.).

Mais peut-on considérer qu'il existe une véritable homologie entre le marché économique et le marché politique ? Du côté de l'offre, le « produit politique » est-il analogue au produit commercial ? Le second a des caractéristiques relativement stables, à tout le moins pendant sa durée de vie, tandis que le premier (promesses, services) voit ses formes se transformer et l'on se demande d'ailleurs quelle est sa consistance... Certes, tandis que le produit commercial est proposé toute l'année et dans de nombreux points de vente, le produit politique n'est offert (gratuitement) que pendant l'élection ou, à l'image des soldes, en plus grande quantité durant cette période. Et faute d'être satisfait (et remboursé), que peut faire l'acheteur mécontent, sinon attendre la prochaine élection pour changer de marque ? Ainsi, du côté de la « demande », on présuppose une logique strictement utilitariste du citoyen dans l'accomplissement de son vote ou simplement dans le soutien qu'il apporte. Beaucoup d'électeurs, on le verra, n'accordent pas une attention primordiale à la politique et ne lui donnent pas un sens aussi savant que les commentateurs avisés et supposés rationnels. Enfin, le pouvoir d'achat des consommateurs de produits politiques varie dans sa capacité à financer des biens économiques, tandis qu'il est indifférent dans l'acte de vote…

L'analogie entre marché et politique, soulignant la dimension concurrentielle de la vie politique, réhabilite cependant utilement les contraintes de l'« offre politique » et de la demande politique.

2. Les contraintes de l'offre électorale

Il convient d'abord de préciser que l'influence de l'offre électorale sur le vote est difficilement mesurable. On ne peut, dans ce domaine, qu'avancer des hypothèses, énoncer un certain nombre de facteurs, sans pouvoir en déterminer d'une manière systématique le poids réel.

Les modes de scrutin constituent une première « contrainte » de choix. Le scrutin majoritaire tend à favoriser par exemple un vote utile, alors que la représentation proportionnelle permet d'exprimer plus largement des préférences politiques même « marginales ». Ils contribuent aussi à structurer le système de partis et donc à modeler l'offre politique. Celle-ci varie en fonction de la consultation. L'enjeu n'est pas perçu de la même manière selon le niveau de l'élection et ne mobilise pas à l'identique. En France, ce sont les élections présidentielles, municipales puis législatives qui viennent en tête en matière de participation électorale, alors que les cantonales, les régionales, mais surtout les européennes sont moins suivies. Le critère de distinction est, à l'évidence, la signification concrète que recouvrent ces élections : claire dans un cas (élection du président, d'une équipe municipale, d'un député), plus floue dans les autres (cantonales, régionales, européennes). En outre, les critères de choix ne sont pas identiques. Un citoyen votera pour un parti de droite aux législatives, mais pour un « maire de gauche » aux municipales.

La dimension locale doit aussi être prise en compte et, particulièrement, les relations personnelles ou de proximité qui unissent l'électeur à l'élu. Réseaux de parentèle, d'interconnaissances sont autant d'éléments d'enracinement de l'élu sur des territoires restreints qui contredisent ou relativisent singulièrement le phénomène de « nationalisation » de la vie politique. Cette prime au « notable » dans les démocraties occidentales avait déjà été soulignée par Key dans un tableau électoral du Sud américain [1] avec l'effet *friends and neighbours*. En France, on ne s'étonnera pas plus que les leaders nationaux fassent localement des scores nettement supérieurs à la moyenne nationale dès lors qu'ils se présentent à des élections de cette dimension (présidentielles, européennes).

Ce trait souligne l'« équation personnelle » des candidats qui peuvent, quelle que soit l'élection, recueillir un électorat plus large que celui de leur « famille » politique : de Gaulle en 1965 ralliant près de 3 millions d'électeurs de gauche, François Mitterrand en 1988 séduisant une fraction des électeurs de droite ou, aux États-Unis, Eisenhower ralliant des électeurs démocrates en 1952 et 1958. Cette configuration des candidats et des candidatures n'est donc pas un facteur non négligeable dans le résultat. Il convient cependant de ne pas confondre cette dimension liée à l'idée que les électeurs se font de la capacité d'un candidat à exercer effectivement le pouvoir et à apporter des réponses concrètes à leurs attentes avec la popularité qui se situe sur un registre principalement affectif et consensuel. Celle-ci, mesurée par les sondages, entretenue par la presse, n'est pas convertible en voix. Elle traduit simplement la sympathie de citoyens de divers horizons politiques envers une personnalité, mais ne préjuge en rien de leur vote.

1. V.O. Key, *Southern Politics*, *op. cit.*

Le contexte de l'élection est un facteur essentiel. Ainsi, les « élections intermédiaires » (Jean-Luc Parodi), sans enjeu national, marquent souvent le recul de l'influence du parti au pouvoir suite à une démobilisation de ses partisans ou à une volonté de le sanctionner. Ce « vote sanction » ou contestataire s'exprime d'autant mieux lors d'élections qui n'affectent pas de manière décisive la distribution du pouvoir au niveau national. On ne s'étonnera donc pas que des électeurs sympathisants de la majorité du moment votent en ces occasions (municipales, cantonales, régionales, européennes) pour la formation adverse afin de marquer leur mécontentement ou de donner un avertissement.

Outre le contexte de l'élection, la dimension des enjeux débattus est une variable importante de l'offre. David Butler et Donald Stokes font remarquer que pour que les préoccupations deviennent un enjeu électoral, il faut que les citoyens leur accordent une importance claire, qu'ils aient sur le sujet une opinion tranchée et qu'ils perçoivent des différences effectives sur la question entre les acteurs politiques. Ce ne sera pas toujours le cas. Que l'on songe simplement aux désillusions de nombreux électeurs s'agissant des politiques contre le chômage, malgré l'alternative proposée par les formations ou les candidats. Dans le même sens, le fort taux – quasi structurel – d'abstentionnisme aux États-Unis tient à la faible concurrence électorale et idéologique tandis que deux partis se partagent la scène électorale. L'hégémonie des démocrates et des républicains, le fait par exemple que plus de 33 % des vainqueurs soient élus en moyenne avec 70 % et plus des suffrages, et que près de 90 % (au moins jusqu'en 1994) des représentants soient à nouveau réélus, enfin que 10 % des sièges environ soient pourvus à chaque élection avec candidature unique d'un grand parti[1], contribuent sensi-

1. Marie-France Toinet, *Le Système politique américain*, Paris, PUF, 1987, p. 458 et suiv.

blement à affaiblir la participation électorale. De même en Suisse, l'alliance depuis 1959 des quatre grands partis rassemblant en moyenne près de 85 % des sièges laisse peu d'espace à une alternative. Le taux d'abstentionnisme avoisine les 60 % aux votations fédérales !

Sur le plan conjoncturel, un bon exemple est également fourni par le référendum de novembre 1988 en France sur le statut de la Nouvelle-Calédonie destiné à ratifier un accord passé entre le gouvernement et les protagonistes locaux. Sur un enjeu lointain dont le sort semble scellé, 83 % des Français s'abstiennent. De même, les élections législatives de juin 1988, suite à l'élection présidentielle de mai 1988, mobilisent d'autant moins nettement les citoyens que les jeux – la confirmation d'une majorité pour le président à l'Assemblée nationale – semblent être faits.

Il est des consultations qui favorisent au contraire la mobilisation électorale sur des questions où des enjeux fédérateurs, posant en des termes dramatiques ou solennels une alternative. La pratique référendaire peut favoriser ce contexte : « oui » ou « non » à l'élection du président de la République au suffrage universel en 1962, « oui » ou « non » au traité de Maastricht en 1992 en France. Ce type de questionnement peut en outre faire éclater les fidélités partisanes, provoquer un désalignement partiel et temporaire ou définitif des électeurs par rapport aux clivages traditionnels.

En 1962, l'alternative met en jeu les institutions de la Ve République, la personne du chef de l'État qui s'engage pour le « oui » – mais va aussi provoquer aux élections législatives suivantes une véritable reconstitution du système de partis et des forces politiques qui s'étaient rassemblés dans le cartel du « non ». Souvent issues de la IVe République, les formations vont subir de plein fouet la victoire du « oui », être affaiblies ou perdre durablement toute influence (que l'on songe au Mouvement républicain populaire, au parti radical, aux indépendants). Le référendum sur le traité de Maastricht, s'il a contribué à brouiller les clivages politiques, à diviser les partis, à dessiner grossièrement deux France au profil sociologique distinct, n'a pas conduit, comme l'avait espéré un moment François Mitterrand, à recomposer le paysage politique. Mais il a marqué ou réactivé, particulièrement à droite, le clivage « européen – anti-européen » qui s'est exprimé dans le discours sur « l'autre politique » (Pasqua, Séguin, de Villiers), réticente à une approche fédérale de la construction européenne, mettant en exergue la lutte prioritaire contre le chômage au risque calculé de l'inflation, défenseur d'un État jacobin garant de la souveraineté du peuple contre les « élites ».

3. L'influence des médias

Les campagnes électorales – à travers le rôle des médias – constituent un autre élément de compréhension de l'offre politique, d'autant mieux qu'on leur accorde généralement **une fonction d'*agenda***, c'est-à-dire de fixation de l'ordre du jour. Les médias trient, sélectionnent, hiérarchisent les événements. Les premières études consacrées à l'influence des campagnes électorales eurent lieu aux États-Unis à l'occasion de la compétition présidentielle de 1940. Leurs conclusions, sous la direction de Paul Lazarsfeld, soulignent qu'elle avait eu plutôt pour effet de renforcer ou d'activer les prédispositions politiques des électeurs. Cristallisant les opinions au lieu de les influencer directement dans un sens ou dans un autre, les campagnes n'avaient donc qu'un effet marginal. Cette étude s'intéressait aussi particulièrement à l'exposition aux médias afin de déterminer leur influence. Si la campagne expose beaucoup plus qu'à l'accoutumée le citoyen à ceux-ci, cette exposition est sélective : « Il existe une sorte d'écran qui filtre les informations pour n'enregistrer que celles qui vont renforcer des attitudes et des opinions préexistantes, même latentes si l'on évoque le cas des “indécis” ou des “indifférents”. »

L'influence politique des médias et particulièrement de la télévision n'a jamais été clairement démontrée. Pour s'en convaincre, il faut mesurer les effets concrets de cette influence. Si la télévision constitue désormais le véhicule privilégié des moyens de communication préélectoraux, les émissions politiques, *stricto sensu*, ont un public rarement représentatif. En novembre 1987, par exemple, le public en France de *L'Heure de vérité* se distribuait comme suit : 55 % de plus de 60 ans, 16 % de 18-34 ans et 23 % d'inactifs, 23 % de professions intermédiaires, 19 % d'agriculteurs, 16 % de cadres supérieurs et 7 % d'ouvriers. En termes d'audience, la même émission recueille son plus fort score (4,5 %) avec Le Pen, soit moins de 2 300 000 téléspectateurs. Les émissions politiques sont donc un genre mineur.

La politique ne devient un spectacle de masse que lorsque les rites électoraux rythment l'actualité. La campagne présidentielle de 1988 en France est suivie à la télévision par 68 % des Français dont une large fraction (81 %) par des professions à niveau socioculturel élevé (industriels, cadres supérieurs, professions libérales). Elle constitue le « moyen le plus utile pour savoir comment voter » pour 62 % des Français, tandis que 23 millions de téléspectateurs ont assisté au duel, le premier du genre, Giscard d'Estaing-Mitterrand, le 10 mai 1974.

Mais l'analyse comparative souligne que la « puissance persuasive » de la télévision fondée sur une exposition passive des électeurs aux messages est faible. D'une part, l'assiduité reste étroitement liée à l'intérêt pour la politique et tend à décroître sensiblement dès lors que cet intérêt est faible ou nul. D'autre part, la médiatisation ne stimule pas la mobilisation politique en période préélectorale. Enfin, elle a plutôt pour effet de renforcer les attitudes préétablies et l'assiduité quotidienne est à mettre en corrélation avec la fermeté de l'opinion… La télévision ne pèse donc pas marginalement sur le résultat du scrutin dans la mesure où les électeurs cherchent, pour une large part, dans le message télévisuel des éléments pour conforter des choix ou des intentions. A l'inverse, plus les électeurs sont flottants moins ils sont assidus…

Dans une étude classique de la campagne électorale de 1974, Roland Cayrol montre aussi que l'exposition aux messages (radio, TV, presse écrite) est socialement distribuée [1] : les femmes, les jeunes, sont les moins attentifs, au contraire des professions libérales, industriels, cadres supérieurs et moyens, inactifs, qui sont les plus assidus et dont l'intérêt pour la politique est élevé. La télévision, aux États-Unis comme dans la Communauté européenne (sauf la Grèce) est, comparé aux autres, le média le plus attirant pour des publics socialement diversifiés (elle touche plus les ouvriers, les agriculteurs, les petits patrons que, par exemple, les cadres supérieurs dont le moyen d'information privilégié est la presse écrite), mais ne « fait » pas l'élection.

Plus décisive est l'influence des « leaders d'opinion » dont Elihu Katz avait souligné à la fin des années 1940 le rôle. Situés à tous les niveaux de la société (acteurs politiques, syndicaux, journalistes), plus intéressés par la campagne, ils sont fortement exposés aux moyens de communication. Cette position de leader est liée à la personnification de certaines valeurs (ce que l'on est), à la compétence (ce que l'on sait), à la position stratégique (qui l'on connaît). Ces chaînes d'influence sont beaucoup plus décisives que l'influence des médias.

On ne saurait cependant considérer comme nulle l'influence des campagnes, notamment au travers de la loupe médiatique. Si le mur de l'« exposition sélective » n'est pas encore tombé, son influence est décisive quand l'enjeu est serré, particulièrement s'il s'agit de choisir entre deux candidats d'une même famille politique (on pense par exemple au duel Chirac-Balladur) et de polari-

1. In J. Blumler, G. Thoveron et R. Cayrol, *La Télévision fait-elle l'élection ?*, *op. cit.*

ser à la marge les indécis. Surtout, et l'effet n'est pas « mesurable », la télévision contribue nettement à construire ou corriger l'image du candidat.

4. Le rôle des sondages

Le dernier sujet de controverse, après l'influence des médias, est le rôle des sondages préélectoraux sur le vote. Si l'on sonde les… sondés sur la question de savoir si les sondages les influencent, ils répondent massivement par la négative. Mais il est fort probable qu'une partie d'entre eux intègrent leurs résultats dans leur vote final. La plupart des études soulignent leurs effets limités tant sur l'incitation à l'abstention (les jeux sont faits) que sur l'encouragement à voler au secours de la victoire du favori…

Le développement des sondages d'opinion date de l'élection présidentielle de 1936 aux États-Unis où le Gallup Poll prévoyait l'élection de Roosevelt et de celle de 1965 en France où les sondages, contre toute attente, annoncent le ballottage de De Gaulle. Les sondages ont accompagné l'essor de la communication politique et sont devenus des outils techniques d'action politique. Ils aident les partis, les candidats, les gouvernants à déterminer leur message, voire leurs programmes, au regard des attentes de l'opinion. Ils peuvent mesurer la notoriété, l'image, tester des slogans, donner des indications sur les apparitions médiatiques, évaluer les chances d'une candidature. Le risque pour les acteurs est de calquer leurs stratégies sur les indications fournies par les sondages. La tentation est grande en effet pour un responsable public de modeler son action sur « les attentes de l'opinion » et non sur ses convictions.

Les sondages, particulièrement en France, sont devenus des armes politiques dans la stratégie des acteurs. Aussi, non seulement les sondages peuvent-ils légitimer une candidature en « démontrant » l'adhésion qu'elle suscite, mais être une arme dans la concurrence, en particulier entre associés-rivaux. Ce fut le cas notamment en 1980-1981 lorsque Michel Rocard tenta en vain de disputer l'investiture du parti socialiste à François Mitterrand en arguant d'un meilleur score virtuel face au concurrent de droite. Ce fut de même la base de la candidature d'Édouard Balladur qui, fort de son bilan de chef de gouvernement, tenta de disputer à Jacques Chirac la prééminence dans l'élection présidentielle. Plus profondément, cette utilisation des sondages vise à contourner la démocratie interne des partis politiques – et la démocratie tout court – pour s'appuyer sur une pseudo-« démocratie d'opinion » et vise à faire croire que les sondages annoncent déjà le résultat final… Les sondages peuvent aussi accompagner une victoire en donnant une crédibilité et une visibilité croissantes à un candidat par rapport à son adversaire. Jacques Chaban-Delmas, en 1974, ou Raymond Barre, en 1981, ont pu assister à la marginalisation progressive de leur candidature à mesure que l'écart se creusait dans les enquêtes d'opinion et que l'on se rapprochait du jour de l'élection.

Cette influence des sondages sur l'*agenda* de la campagne n'est pas mesurable *stricto sensu* mais est réelle, d'autant qu'ils jouent sensiblement sur le moral des équipes. Ils peuvent ainsi inciter une partie d'entre elles à anticiper la défaite annoncée et à déserter le camp de leur ex-champion pour rejoindre le vainqueur virtuel. Ce phénomène de « panique boursière » a joué sensiblement en 1995 dans les ralliements précoces de « chiraquiens » à Édouard Balladur (avant de jouer en sens inverse).

Dans tous les cas, il est difficile de neutraliser les « mauvais sondages », même en rappelant que ceux-ci ne sont qu'une « photographie » de l'opinion à un moment donné ou en les comparant à des résultats antérieurs plus favorables, etc. Plus largement, l'impopularité durable d'un gouvernement dans les sondages, constitue un handicap sérieux puisqu'elle installe une sorte de morosité ambiante ou un doute méthodique sur l'action conduite tout autant qu'elle semble l'attester (comme ce fut le cas en France pour le gouvernement d'Édith Cresson).

Ces usages politiques des sondages ne se comprennent qu'au regard du suivisme dont ils font l'objet de la part de la plupart des commentateurs et des médias. Il se traduit par une indexation systématique du commentaire sur les sondages : les médias sont parfois sévères pour ceux qui chutent et plutôt bienveillants pour ceux qui sont à la hausse… De même a-t-on vu les sondages « arbitrer » des duels médiatiques, les commentaires et l'analyse les suivant sans retenue.

Les sondages permettent de mieux connaître les réactions du corps social[1], mais leur impact sur une partie de la classe politique est excessif et dénote un défaut d'analyse, tout se passant comme si l'usage, la perception de l'action prenaient le pas sur l'efficacité réelle et les principes de conduite de l'action politique. Dans un domaine connexe, les « baromètres de popularité », qui rythment presque chaque semaine la vie politique, tendent à réduire toute perspective d'action à long terme. En privilégiant le temps court et l'instantané, ils peuvent avoir pour effet pervers de conduire les gouvernants à concevoir les affaires publiques comme une succession de « coups » susceptibles de maintenir ou d'augmenter leur cotation à la bourse de l'humeur…

1. Dominique Chagnollaud et Philippe Méchet (dir.), *Enquêtes « Louis Harris »*, Paris, Denoël, 1995.

3

Les autres formes de participation

La participation politique couvre, outre le vote, un éventail d'activités : s'inscrire sur les listes électorales, s'informer, discuter, assister à des réunions, entrer en relation avec un élu ou un parti, participer activement à une campagne électorale, adhérer à une organisation politique (parti, groupes d'intérêt), militer. Mais les modalités de l'engagement politique ne se limitent pas à la participation « conventionnelle ». Les activités « protestataires », parfois tolérées par les pouvoirs publics et l'opinion, ressortissent à des registres légaux mais aussi illégaux. Tantôt elles s'inscrivent dans le cadre flou de la participation conventionnelle (manifestations, pétitions, etc.), tantôt elles constituent une rupture avec elle.

1. La participation conventionnelle : une minorité active...

L'engagement des citoyens dans des pratiques conventionnelles est, outre le vote, le fait d'une minorité. Ce trait a d'abord été clairement souligné par la sociologie américaine[1]. On est ainsi frappé par la faiblesse globale de

1. Notamment Berelson, Lazarsfeld et Mac Phee, *Voting*, University of Chicago Press, 1954 ; Gabriel Almond et Sidney Verba, *The Civic Culture Revisited*, Princeton University Press, 1963.

la participation[1] – avec des différences nationales sur lesquelles on reviendra. Après le vote, l'activité la plus répandue dans les démocraties occidentales est la lecture ou l'écoute quotidienne de nouvelles politiques au travers de la presse écrite ou audiovisuelle (50 % des citoyens environ dans les années 1970) –, tandis que l'intérêt manifesté pour la politique varie de 30 à 50 % et de 50 à 70 % lors des élections. La pratique des discussions politiques est reconnue par 20 à 40 % des interviewés. Si l'on passe de ces activités « privées » à des activités « publiques », les chiffres sont beaucoup plus faibles : 2 à 4 % participent à des campagnes électorales, 10 % versent des fonds à des organisations politiques, environ 10 % contactent des hommes politiques à propos de problèmes collectifs, 10 à 25 % reconnaissent avoir effectué une activité en faveur d'un parti, 10 à 30 % avoir participé à des meetings, 2 à 30 % appartenir à un parti, 15 à 20 % à un syndicat. Enfin, les pétitions mobilisent de 20 à 30 % des individus avec des *maxima* (58 % aux États-Unis) et des *minima* (10 % en Italie). Les manifestations légales concernent 10 % des individus en moyenne.

A partir d'une échelle de participation politique regroupant des modalités d'action différentes, à l'exception du vote, on a pu montrer ainsi que, en Allemagne, en Grande-Bretagne et aux Pays-Bas, 23 à 29 % n'ont aucun engagement politique et qu'à peine 20 % ont trois activités politiques au moins. Mais 42 % des citoyens américains ont plus de deux activités tandis que 16 % sont apathiques ou inactifs. En moyenne, dans cinq pays (Grande-Bretagne, RFA, Hollande, Autriche, Italie), un tiers des individus ne participent à la politique autrement qu'en votant[2].

Il est possible de placer les activités politiques sur une

1. Dominique Memmi, « L'engagement politique » *in* Madeleine Grawitz et Jean Leca, *op. cit.*, p. 326 et suiv.

2. S. H. Barnes, M. Kaase *et al.*, *Political Action : mass. Participation in five western Democraties*, Sage, 1979.

échelle hiérarchique, allant en haut, des activités les plus « difficiles » (coûteuses en temps et en énergie) aux plus faciles, en bas. On constate alors que celui qui s'engage dans une activité coûteuse, s'engagera aussi dans celles qui le sont moins. Cet engagement croissant est en fait « descendant » : plus un individu adhère ainsi à un parti, plus il aura de chances de participer à des réunions politiques, à des discussions de cet ordre et à s'informer. Mais si l'on prend l'autre bout de l'échelle, le « bas », l'inverse n'est pas vrai. Il existe ainsi une sorte de seuil. Selon les pays, de 60 à 80 % des citoyens lisent les journaux et discutent politique, mais près des deux tiers ne vont pas cependant au-delà... Que faut-il déduire de cette césure et comment interpréter le fait qu'une majeure partie des citoyens soit peu ou pas engagée dans l'activité politique ?

2. Les facteurs de la participation politique

La relation entre participation politique et statut socio-économique a été mise en évidence par la sociologie américaine dans les années 1970 et **se vérifie dans l'ensemble des démocraties occidentales**. Ainsi, les catégories « supérieures » participent globalement plus nettement que les ouvriers. Au sein de ce dernier groupe, les plus qualifiés participent davantage que les moins qualifiés (ouvriers spécialisés, manœuvres). La relation participation-hiérarchie sociale ne se vérifie cependant en fait qu'aux positions extrêmes de l'espace social.

Mais la variable véritablement discriminante est le niveau d'instruction. Les individus les plus instruits et les plus diplômés sont les plus actifs. Cette relation se maintient si l'on compare cette variable à d'autres comme le revenu ou la profession[1] : 11 % par exemple des per-

1. Bernard Denni, *Participation politique et démocratie : définitions et facteurs de la participation politique*, thèse de doctorat d'État en science politique, *op. cit.*

sonnes ayant un revenu élevé et un diplôme inférieur au baccalauréat participent à la vie locale contre 18 % de celles qui ont un diplôme élevé, quel que soit leur revenu.

D'autres facteurs sociaux corrigent (à la hausse ou à la baisse) ces inégalités socioculturelles. Ainsi, le monde rural et les petites villes favorisent la participation politique à l'inverse des grandes villes qui connaissent l'apathie civique. La participation à la vie locale est aussi beaucoup plus forte dans les communes rurales que dans les zones urbaines, aux États-Unis comme en France. Tendanciellement moins favorisée en termes sociaux, la « ruralité » favorise cependant l'interconnaissance, l'intégration des citoyens et la participation démocratique. Ce trait se vérifie aussi pour le vote. Certes, le fait d'habiter une petite commune ne corrige pas le fait d'une position sociale basse. Mais quel que soit le statut, la probabilité de participer croît lorsque la taille de la commune diminue.

De même, l'appartenance à une catégorie sociale défavorisée peut être corrigée par l'appartenance à des groupes organisés, syndicats, associations, communautés religieuses, ethniques. Aux États-Unis, par exemple, on constate non seulement qu'à niveau socio-économique égal les Noirs sont un peu plus actifs politiquement que les Blancs, mais surtout que la conscience de groupe compense les handicaps sociaux en termes de participation politique.

D'autres facteurs comme l'âge et le sexe viennent corriger ces facteurs sociaux. Quel que soit le type d'activité politique (y compris le vote), la participation est toujours le fait des classes d'âge mûr, croissante après 30 et surtout 50 ans pour baisser après 60 ans. Cette « courbe » est peu affectée par les conditions socio-économiques. Par ailleurs, l'égalisation des niveaux d'instruction ne supprime pas l'inégalité de participation entre hommes et femmes (sauf pour le vote), l'écart moyen étant, s'agissant de la vie locale en France, de dix points environ[1].

1. Bernard Denni, *op. cit.*

Cette inégalité s'estompe chez les plus jeunes et les plus instruits.

Comme le soulignent Nonna Mayer et Pascal Perrineau, « les mécanismes sociaux qui conditionnent le niveau de la participation politique interviennent dans le cadre d'un système politique diversement perçu par les citoyens et structuré par des institutions et des forces partisanes[1] ». La nature et l'intensité des représentations, et particulièrement de l'image que se font les citoyens de la politique, soulignent leur degré d'intégration à l'univers politique. Ainsi, les handicaps de participation liés à la position socioculturelle sont presque effacés par l'intérêt que les citoyens ont pour la politique.

L'« appartenance communautaire » évoquée plus haut peut prendre les traits construits d'une « idéologie » et corriger alors dans certains cas les inégalités socioculturelles. Ainsi, en France, comme l'ont montré Guy Michelat et Michel Simon, l'électorat communiste est le moins instruit et le plus populaire des électorats et l'intérêt pour la politique le plus élevé et le plus « participant ». De même, Sidney Verba, Norman Nie et Kim ont montré que l'identification à un parti, quelle que soit son orientation idéologique, favorise, dans tous les cas, la participation politique. Cette relation se vérifie à tous les degrés de statut socio-économique et compense les handicaps sociaux. Cet effet de compensation ne joue cependant que si les partis sont fortement articulés à des groupes : il en va ainsi, en Autriche, du parti du peuple enraciné chez les agriculteurs catholiques, ou du parti socialiste très présent chez les ouvriers non catholiques. Aux États-Unis, en revanche, l'affiliation partisane ne corrige pas l'inégalité de la participation, compte tenu du caractère « attrape-tout » et peu structuré idéologiquement des partis politiques.

1. Nonna Mayer, Pascal Perrineau, *Les Comportements politiques, op. cit.*, p. 33.

De même, si l'on s'attache à l'identification partisane des citoyens, celle-ci fait varier sensiblement la participation. Cette attitude marquant une préférence et un attachement plus ou moins forts à l'égard d'un parti vient corriger, si elle est affirmée, les inégalités sociales face à la participation.

3. Compétence politique ou compétence sociale ?

La relation complexe entre hiérarchie socioculturelle et participation politique qui, on l'a vu, n'épuise pas l'explication, a donné lieu à l'invention de la notion de « compétence politique » esquissée par la sociologie américaine des années 1960 se posant la question de savoir si les citoyens choisissaient « en connaissance de cause », définie par Daniel Gaxie comme « la maîtrise des schémas politiques de classification et d'évaluation[1] ». La compétence politique est alors considérée comme la traduction d'un sentiment de compétence sociale et réciproquement « Le terme d'incompétence, employé pour caractériser la position des groupes dominés dans l'ordre des activités politiques, ne doit donc pas faire illusion : il s'agit de l'incapacité sociale à entrer dans les catégories de jugement et d'expression des opinions imposées par cet ordre[2] ». On aperçoit clairement en quoi l'utilisation réciproque des termes de compétence et d'incompétence renvoie à une problématique liant étroitement sphère politique et sphère sociale.

Il reste que la participation politique ne s'épuise pas dans la notion de « compétence politique ». Pour s'en convaincre, il n'est que de constater en France que 60 % des citoyens interrogés en 1989 se disent très peu ou pas du tout intéressés par la politique, et que l'abstentionnisme se situe à la même époque entre 10 % et 30 %[3]. En pratique,

1. Daniel Gaxie, *Le Cens caché*, *op. cit.*, p. 65.
2. Jacques Lagroye, *Sociologie politique*, *op. cit.*, p. 322.
3. CEVIPOF, *L'Électeur français en question*, *op. cit.*, p. 130.

les deux « compétences » ne se recouvrent pas. Ainsi, 89 % des citoyens qui considèrent que « la politique est une chose trop compliquée et qu'il faut être un spécialiste pour la comprendre » sont allés voter au premier tour de l'élection présidentielle de 1988. On aperçoit ici d'ailleurs que la notion de « compétence politique » induit paradoxalement chez leurs auteurs une conception élitiste de la politique avec le risque de disqualifier la perception des enjeux politiques en terme « ordinaire ».

Au nom de quelle science souveraine le politologue s'accorderait-il le droit de dire ce qui est une « vraie » – ou une « fausse » – opinion politique ? En quoi, par exemple, l'appréciation d'ordre moral, sportif, éthique, humain comme fondement de l'opinion politique serait-elle étrangère à l'univers même de la politique ? Philippe Braud fait justement remarquer « qu'il faut se garder de l'erreur [inverse] de minimiser l'aptitude des individus, de plus faible niveau culturel, à saisir correctement la nature et l'origine des troubles concrets qu'ils subissent dans leurs conditions d'existence, sur le plan micro-social et dans le court terme. Les discours généraux sur la restructuration de l'économie "parlent" soudain aux ouvriers dont l'entreprise est fermée ; et leur analyse informulée du chômage comme fléau social peut acquérir alors une plus grande richesse humaine que celle du diplômé au savoir purement indirect. De même, une connaissance exclusivement juridique des mécanismes institutionnels européens introduit inévitablement des sources d'illusions alors que, confrontés au prix des denrées agricoles, des paysans expérimentent directement des logiques de fonctionnement du pouvoir bruxellois [1] ».

1. Philippe Braud, *Le Jardin des délices démocratiques*, *op. cit.*, p. 34-35.

4. Participation politique et démocratie

Cette relation entre hiérarchie sociale – ou socioculturelle – et participation politique permet à Pierre Bourdieu et à son école d'opérer une critique plus globale du fonctionnement de la démocratie, en fait confisqué par une poignée de professionnels : « Bien que son apparente générosité l'oppose diamétralement aux dénonciations élitistes du suffrage universel auxquelles les intellectuels et les artistes d'un autre temps sacrifient volontiers, la complaisance populiste qui accorde au peuple la connaissance infuse de la politique ne contribue pas moins à consacrer, en la dissimulant au lieu de l'énoncer (ou de la dénoncer), la concentration en quelques individus de la capacité d'action consciente sur ce monde » écrit-il[1]. Une majorité d'individus est ainsi exclue (abstentionnisme) ou marginalisée (participation occasionnelle) du champ politique comme elle l'est du champ social. La démocratie pourrait n'être qu'un leurre tandis qu'une masse de citoyens en sont réduits à s'abstenir lors des élections (ou dans les questions des sondages), s'en remettent aux professionnels (« à ceux qui parlent bien ») – ayant intériorisé ce sentiment d'incompétence –, voire « analysent » la politique en des termes qui leur sont étrangers (le sens commun).

Élections et sondages réaffirment l'égalité formelle, occultant les inégalités réelles, et sont autant de procédures au service de la domination sociale, au principe du fonctionnement du champ politique. « En proposant au choix plusieurs énoncés et en demandant de prendre position sur du déjà énoncé, l'enquête d'opinion, comme les consultations politiques, tient pour résolue la question de la transmutation de l'expérience en discours, de l'ethos informulé en logos constitué et constituant, du sens de

1. Pierre Bourdieu, *La Distinction*, Paris, Éd. de Minuit, 1979, p. 464.

classe qui peut impliquer une forme d'adaptation et de résignation aux évidences de l'ordre social, en appréhension consciente, c'est-à-dire explicitement formulée, de cet ordre [1]. »

Cette critique rejoint l'idée qu'il existerait des activités « vraiment » politiques, réservées à une minorité et d'autres qui n'en sont pas : « Parler d'une hiérarchie des formes de participation politique allant de l'intervention infinitésimale par le vote à l'exercice d'une profession conduit à occulter la conséquence de la division du travail, et de l'apparition d'un champ politique différencié [2] », écrit par exemple Daniel Gaxie. Ainsi, la lecture des journaux, le vote, les discussions politiques ne sont que de simples « signes d'attention » à la politique puisqu'ils « n'impliquent aucune participation à la lutte pour la conquête des postes de direction de l'appareil d'État » *(ibid.).* Il faudrait alors concevoir des sociétés ou des citoyens mobilisés en permanence, participant massivement, et politisés à l'extrême. Ce modèle n'a jamais fonctionné que dans les régimes totalitaires. Il conduit ainsi à gommer toute distinction entre vie privée et vie publique, qui est au cœur de la démocratie libérale. A notre sens, cette césure éclaire d'ailleurs beaucoup plus que d'autres théories le fait qu'une « minorité » soit active politiquement. On aperçoit que « la ligne de démarcation » ou le seuil qui fait chuter la participation n'est autre que celle-ci. Peut-on, enfin, à la fois repérer l'émergence d'un espace professionnalisé et s'étonner qu'il exclue partiellement les « amateurs » ? Quels progrès, dès lors, la démocratie moderne aurait-elle faits depuis l'époque des notables et du suffrage censitaire ? Aucun.

Cette conception rejoint, on l'a dit, la vision élitiste de la participation politique. Celle-ci, issue cette fois de la sociologie américaine, renverse la perspective précé-

1. *Ibid.*, p. 536.
2. Daniel Gaxie, *op. cit.*, p. 42.

dente. La question est moins d'assurer la participation active de tous les citoyens à la vie politique que leur égal accès à cette possibilité d'agir. La démocratie la garantit, mais il est inévitable qu'une minorité intéressée à la politique se dégage : « Du fait que bien des électeurs n'ont ni assez d'instruction, ni assez d'occasions ou même de raisons tangibles et contraignantes pour se mêler d'avoir des idées politiques, leurs réactions aux *stimuli* politiques, si tant est que ceux-ci existent, manquent singulièrement de réflexion et de pertinence », écrit par exemple Herbert McClosky[1]. La démocratie suppose moins la participation massive des citoyens à la politique que la diversité de ses élites, en l'occurrence pour maîtriser le fonctionnement du système politique et l'attachement de la masse des citoyens aux valeurs qui le fondent. Ces mêmes citoyens peuvent d'ailleurs s'organiser autrement que par la voie électorale pour faire pression sur le système politique[2].

Loin de trancher ce débat d'école qui simplifie d'ailleurs des réalités qui, on l'a vu, sont plus complexes, on fera simplement remarquer que le fonctionnement même du système politique exige un équilibre entre politisation et indifférence, apathie et participation, qui s'analyse, peut-on ajouter, différemment selon les cultures politiques des pays considérés. Il serait ainsi absurde d'opposer absence de participation ici à sa présence ailleurs. Elle prend des formes multiples dont le sens n'est pas identique pour tous les citoyens. Sidney Verba et Norman Nie, en faisant, par exemple, remarquer que le Japon « vote » et que l'Autriche « milite », tandis que les Néerlandais ont plus recours aux contacts avec les hommes politiques, soulignaient la variété du rapport à la pratique politique, qui s'ordonne aussi selon la religion, la race, le sexe, la localité, le groupe

1. Cité par Jacques Lagroye, *op. cit.*, p. 312.
2. Robert Dahl, *Who governs ? Democracy and Power in an American City*, *op. cit.*

social. C'est cette pluralité de la participation qu'il faudrait analyser. L'étude de ces formes « non conventionnelles » en constitue déjà une approche originale.

5. La participation protestataire

La participation non conventionnelle ou protestataire recouvre des actions individuelles ou collectives qui contestent le pouvoir politique, usent de moyens refusant la légalité ou totalement « illégaux » (« grève sauvage », manifestation violente, attentat, vandalisme, refus de se conformer à une loi, « incivisme », etc.). D'une certaine manière, elles expriment parfois une forme de la démocratie directe s'écartant des voies, des processus et médiations attitrés du système représentatif. Cette contestation aux marges du système peut prendre les allures d'une remise en cause radicale qui s'exprime généralement par le canal de la violence politique.

En pratique, la distinction entre participation conventionnelle et non conventionnelle s'ordonne différemment selon les époques et les conjonctures. L'exemple de la manifestation du 1er-Mai en est une bonne illustration [1]. Symbole qui, à l'origine, préfigure le « grand soir » aux heures « héroïques » du mouvement socialiste, elle est légalisée et s'agrège progressivement des secteurs plus vastes de l'opinion, faisant d'elle un rite démocratique. La typologie que l'on dresse des manifestations incite de même à comprendre cette variété de sens que l'on peut attribuer à la participation « non conventionnelle ». Pierre Favre distingue ainsi les manifestations « routinières », « initiatrices » et celles associées à des crises politiques. Les premières, à l'image des manifestations syndi-

1. Maurice Dommanget, *Histoire du Premier Mai*, Paris, Éd. de la Tête de Feuilles, 1972, cité par Bernard Denni et Patrick Lecomte, *op. cit.*, p. 143.

cales, visent à appuyer une revendication, protester contre une décision. Elles rappellent aux yeux de tous, et d'abord aux pouvoirs publics, la capacité de mobilisation de l'organisation qui en est à l'origine, et constituent un moyen de pression à leur endroit. Ce trait est d'ailleurs commun à l'ensemble des manifestations. Le second type de manifestations qui a pour but de mettre à jour un enjeu spécifique jusqu'alors ignoré[1]. Ce type correspond aux mouvements organisés autour d'une cause (environnement, peine de mort, féminisme, etc.). Elles sont donc « initiatrices » au sens où elles marquent l'émergence d'une thématique qui sera développée par la suite (que l'on pense aux premières manifestations en faveur de l'avortement). Enfin, la troisième catégorie renvoie à des manifestations liées à des moments historiques décisifs (6 février 1934, 30 mai 1968) qui engagent une contestation radicale ou un soutien au régime. L'enjeu n'est donc ni la défense d'intérêts catégoriels ou d'une cause spécifique mais bien le régime politique dans son ensemble.

Le pouvoir politique contribue à définir la frontière entre le conventionnel et le contestataire en acceptant, tolérant ou interdisant légalement des pratiques. Cette frontière n'est pas seulement juridique mais de l'ordre des conventions, coutumes, mœurs, considérées comme légitimes par la société. En étant en contradiction totale avec elles, le pouvoir politique risque alors, à son tour, de se voir contesté non pas par une petite fraction organisée de citoyens mais par une large part d'entre eux.

Les années 1960 puis 1970 ont vu apparaître – ou réapparaître dans certains cas – une multitude d'acteurs sociaux posant en termes politiques leurs revendications (mouvement féministe, organisations autonomistes, écologistes, minorités sexuelles, culturelles, etc.). Après les événements de mai 1968, on entendit beaucoup dire que

1. Pierre Favre (dir.), *La Manifestation*, *op. cit.*, p. 34 et suiv.

« tout est politique ». Ces deux décennies ont majoré non seulement la politisation d'enjeux sociaux mais ont été aussi marquées par des formes d'action court-circuitant les médiations traditionnelles (partitions, *sit-in*, boycotts, blocage de voies de circulation, grèves de la faim, etc.). Ce type d'activité appartenait auparavant au registre « social » et non à celui de l'action politique. Par ailleurs, on est allé plus loin dans les années 1970 dans la contestation du système politique par la violence politique consciente et organisée (terrorisme, assassinats, attentats, etc.).

Ces mutations de la fin des années 1960 et des années 1970 attirent tout autant l'attention sur des phénomènes de génération que sur une catégorie d'acteurs plus mobilisés que d'autres. Pour le comprendre, il faut d'abord faire référence aux thèses de Ronald Inglehart voyant surgir dans la société contemporaine des valeurs « post-matérialistes » (qualité de vie, liberté sexuelle, environnement, féminisme) qui caractériseraient les nouvelles générations élevées dans l'abondance et la sécurité de l'après-guerre. Dans sa lignée, Samuel Barnes et Max Kaase expliquent le développement des actions protestataires dans les années 1970 par l'incapacité à satisfaire ces valeurs. Menant une enquête dans cinq pays (Allemagne, Angleterre, Pays-Bas, États-Unis, Autriche), ces auteurs soulignent que le profil des « contestataires » est bien celui dessiné par Inglehart. C'est sur des bases analogues que Nonna Mayer et Pascal Perrineau[1] ont, à partir d'une enquête du CEVIPOF effectuée en 1988, retrouvé ce profil de citoyens protestataires (mais aussi actifs conventionnellement) : « Il s'agit en majorité de jeunes, appartenant aux classes moyennes, salariés, ouverts aux valeurs du libéralisme, intéressés par la politique dont 40 % d'entre eux n'ont pas le sentiment d'être "compétents" en la matière. » Ils montrent ainsi que le « potentiel protestataire » d'une majorité de jeunes sou-

1. Nonna Mayer et Pascal Perrineau, *op. cit.*, p. 134.

vent diplômés peut être la voie de l'intégration politique. Ainsi, en France, plus les jeunes ont activement participé au mouvement de 1986, plus ils auront voté aux élections présidentielles de 1988. Mais la question demeure de savoir si la multiplication, dans les années 1980 et au début des années 1990, des mouvements protestataires relativement originaux (coordinations, actions parallèles) vont se substituer progressivement à la participation conventionnelle ou simplement la compléter. Il semble que les mouvements sociaux de l'hiver 1995 aient (provisoirement ?) répondu à cette question.

« Dans cette causerie nous avons [à] nous occuper des hommes politiques professionnels qui cherchent à parvenir au pouvoir grâce à la puissance d'un parti politique qui brigue des voix sur le marché électoral. »

MAX WEBER, *Le Savant et le politique*

DEUXIÈME PARTIE

LES ACTEURS DE LA POLITIQUE

1

Amateurs et professionnels

La distinction wébérienne entre vivre « pour » et « de » la politique souligne, on l'a noté, la tendance contemporaine à la professionnalisation de la politique. Un indice sérieux de cette évolution est la rémunération de l'homme politique. En France, l'indemnité parlementaire est introduite en 1848 et passe de 9 000 à 15 000 francs en 1906. Le parlementaire est moins fortuné qu'avant et doit vivre aussi désormais de la politique. Les parlementaires américains recevaient 6 dollars par jour de session en 1789. Au 1er janvier 1985, leur salaire mensuel est de 175 000 dollars. Même en tenant compte de l'inflation, la différence est réelle ! Ils bénéficient d'une retraite. En Grande-Bretagne, la première indemnité parlementaire est votée en 1911. De 400 livres en 1946, elle passe à 18 500 livres en 1987. Elle est indexée depuis 1988 sur le salaire des hauts fonctionnaires et en 1965 a été institué un système de retraite. Ces quelques traits soulignent la professionnalisation du personnel politique en même temps que, fait jamais souligné, leur alignement (la sécurité de l'emploi en moins…) sur le statut du fonctionnaire moderne. Cette « administration des notables » décrite par Weber tend donc à s'effacer au profit de professionnels de la politique, même si elle demeure encore vivace. Que l'on songe par exemple à la multitude de fonctions électives locales qui constituent souvent une activité « secondaire ».

Parmi les analyses qui rendent compte des modalités du recrutement politique, l'étude du profil sociologique du personnel politique est un préalable nécessaire, mais elle est loin d'épuiser la compréhension d'un phénomène que l'on ne saurait simplement réduire à des « logiques sociales ». D'autres paramètres entrent en jeu.

1. Profils sociologiques

La manière la plus traditionnelle d'analyser l'entrée en politique est d'étudier le *profil sociologique* du personnel politique[1].

Les élus, dans la plupart des démocraties occidentales, sont d'âge mûr. En France, l'âge moyen des députés en 1978 et 1981 est de 51 et 49 ans (46 et 48 ans pour les candidats). Ce trait se vérifie aux États-Unis où la moyenne d'âge des sénateurs est de 53 ans (contre 45,5 ans pour les représentants), en Allemagne où l'âge moyen des élus nationaux tourne autour de 40-50 ans à l'image de l'Italie, voire de la Grande-Bretagne. Le gros des élus des démocraties occidentales se situe donc dans la tranche des 40-60 ans. Cette situation tient principalement au fait que l'élection nationale est souvent l'aboutissement d'un apprentissage ou d'un cursus qui passe par la conquête de mandats locaux, la participation préalable et intense à la vie partisane ou associative. L'accès à un mandat électif est souvent aussi le début d'une « seconde » carrière après que la première a été couronnée de succès ou marquée à l'inverse par une certaine insatisfaction.

Plus remarquable dans ce profil sociologique est la sous-représentation des femmes, particulièrement en France, lanterne rouge de l'Europe dans ce domaine après la Grèce. Alors qu'elles constituent 50 % des salariées

1. Pour une synthèse sur cette question, Colette Ysmal, « Élites et leaders », in *Traité de science politique*, *op. cit.*, t. III, p. 603 et suiv.

de la fonction publique, elles ne sont que 20 % des cadres et 12 % seulement des grands corps de l'État. Mais leur faible présence en politique demeure encore plus remarquable : les élues parlementaires représentent en moyenne moins de 5 % en France, 5 % en Grande-Bretagne, 8 % en Italie. Ce phénomène est notable dans tous les pays d'Europe du Sud (dont la Grèce) marqués par le catholicisme, mais aussi par une vision traditionnelle de la division sexuelle du travail, à l'opposé des pays scandinaves et des Pays-Bas, plus accueillants. Globalement, y compris aux États-Unis, il est frappant de constater que cet écart est presque constant. Si l'égalité des sexes a, particulièrement depuis la Seconde Guerre mondiale, progressé dans maints domaines et même si l'on est encore loin d'une parité en termes de formation ou de rémunération, cette résistance « culturelle » ne peut être réduite au « machisme » bien vivant. Cette réticence est aussi celle des femmes à embrasser une carrière « totale » alors que le désir d'enfant peut demeurer la voie majeure de leur accomplissement personnel.

L'origine socioprofessionnelle des élus est relativement élevée du fait même d'un haut degré d'instruction. En moyenne, depuis les années 1960, près de 90 % des membres du congrès, 76 % des députés britanniques, près de 60 % des membres du Bundestag et environ 70 % des députés de l'Assemblée nationale ont fait des études supérieures. Il convient de noter que, dans la plupart des démocraties occidentales, la formation juridique demeure largement prépondérante.

Les ouvriers sont quasiment absents du Bundestag (1 %), du Congrès américain (1 %) et de l'Assemblée nationale (2 à 3 %). Leur représentation est en fait étroitement liée à l'influence du parti communiste, voire socialiste, qui favorise et valorise leur accès aux mandats électifs. Ainsi, l'ex-parti communiste italien constitue une bonne illustration d'une organisation politique qui a su, jusque dans les années 1980, en raison de son influence électorale, porter jusqu'à près de 36 % leur représentation au sein de la Chambre des députés. De même, le parti travailliste en Grande-Bretagne comptait, au début des années 1970, parmi son effectif parlementaire, 25 % de « travailleurs manuels ». A l'inverse, il faut constater le déclin continu des catégories sociales les plus élevées, aristocratie et grande bourgeoisie. Ce déclin traduit à l'évidence les modifications de la structure économique, l'élargissement du droit de vote et l'accès de nouvelles couches aux responsabilités économiques et politiques. En particulier, le déclin des grands propriétaires terriens en Grande-Bretagne dès la dernière moitié du XVIIIe siècle, et en France au XIXe siècle, a permis de consacrer l'avènement progressif constaté aussi en Allemagne ou en Italie, des professions libérales, cadres supérieurs, « classe moyenne supérieure » instruite.

A l'époque contemporaine, les élus du peuple sont donc issus de « catégories à bon statut social » (Colette Ysmal). Pratiquement, on peut distinguer grossièrement trois groupes [1]. Le premier, d'importance croissante, renvoie précisément à la catégorie des professionnels de la politique issus de l'appareil même du parti : un tiers des parlementaires italiens et allemands, la tendance étant moins nette en France, mais surtout aux États-Unis. Dans ce dernier cas, la faiblesse des partis politiques éclaire cette rivalité à l'inverse précisément de l'Italie ou de l'Allemagne où ces partis jouent un rôle décisif dans cette professionnalisation.

La deuxième catégorie est constituée par les fonctionnaires : près de 42 % dans la VIIIe législature du Bundestag, près de 40 à 50 % en France en moyenne depuis les années 1970 (avec une forte hausse en 1981 due à la victoire du PS et à l'arrivée de nombreux enseignants). Le faible prestige de l'Administration italienne éclaire une présence limitée au Parlement (2 à 3 %), compensée par celle des enseignants du supérieur (15 à 20 %). En

1. Yves Mény, *Politique comparée*, *op. cit.*, p. 180.

Grande-Bretagne comme aux États-Unis, cependant, des règles en vigueur empêchent matériellement les fonctionnaires d'embrasser une carrière politique.

Enfin, dans les démocraties occidentales, les professions indépendantes ou libérales représentent, notamment en Allemagne ou en Italie, en moyenne près de 1/3 des effectifs parlementaires, alors qu'aux États-Unis, les hommes d'affaires, banquiers et hommes de lois constituent à eux seuls près des 2/5e du Congrès.

A ces hiérarchies sociales correspondent des hiérarchies politiques. Plus on s'élève dans la politique, plus on a de chance d'être détenteur d'un statut social élevé. Ce trait se vérifie par exemple en France, notamment dans la carrière gouvernementale ; aux États-Unis, à mesure que l'on devient gouverneur, représentant, sénateur ; en Grande-Bretagne où les anciens élèves d'Oxford et de Cambridge représentent en moyenne moins de 1 % dans la population active mais plus de 1/3 des élus et des 2/3 du gouvernement.

Cette sélection sociale tendancielle doit cependant être regardée au vu des liens qu'entretiennent les forces politiques et les catégories sociales. Chaque formation politique entretient des liens privilégiés avec des groupes sociaux. Ces clivages, qui opposent notamment les partis communistes et socialistes aux partis libéraux ou conservateurs, restent cependant très grossiers. En France, le personnel politique de droite est issu principalement – mais non exclusivement ! – de la bourgeoisie économique et de la haute fonction publique, et celui de la gauche de la bourgeoisie intellectuelle et de la fonction publique moyenne et supérieure.

2. Cursus

Ces profils sociologiques concernent globalement les élites politiques, mais ne rendent pas compte des échelons à gravir pour accéder au métier. Une première manière d'appréhender cette accession est de prendre en compte la partition local/national. La France offre un premier modèle où le cursus traditionnel passe par la détention d'un mandat local avant l'occupation d'un mandat national. Cette implantation locale sera le fruit d'un militantisme actif au sein d'un parti politique, récompensé par l'investiture et/ou un statut de notable qui se voit ainsi confirmé par l'élection. Puis le mandat local (maire) pourra s'étayer sur un autre (conseiller général) avant de conquérir un mandat national.

Le cumul des mandats constitue une spécificité française. Même limité aujourd'hui, il constitue un trait culturel majeur de la vie politique. Ses effets sont multiples et contradictoires : concentration apparente du pouvoir dans les mains d'un élu, délégué le plus souvent à des techniciens, possibilité d'intervenir nationalement sur les questions locales et de faire valoir le quotidien des administrés, position d'intermédiaire obligé entre le « centre » et la périphérie, etc. Ce cumul conforte l'élu dans sa durée de vie et dans ses prétentions à s'imposer nationalement (député maire ou président de conseil général ou régional) en renforçant son influence et sa notoriété, et constitue enfin une assurance contre les humeurs des électeurs. Il est surtout gage de reconnaissance nationale d'autant mieux que, outre les responsabilités locales, le député aura, au sein même du Parlement ou dans sa famille politique, à exercer des responsabilités importantes (rapporteur, président de groupe parlementaire ou de commission) et à affirmer une compétence reconnue. Ayant su se positionner sur un créneau identifié (santé, agriculture, etc.), il devient un interlocuteur du pouvoir politique national (ministres, Administrations) et peut prétendre un jour exercer « naturellement » des fonctions ministérielles dans ce domaine. Cette spécialisation est une construction d'images, de réseaux, dans le secteur considéré et de reconnaissances (dans les deux sens du terme).

S'est dégagé, parallèlement à ce cursus traditionnel et de manière plus récente, un parcours inverse. Issu d'une grande école, familier d'un chef politique, membre influent d'un cabinet ministériel et d'un réseau partisan, expert ou consultant du parti, ou proche d'un chef politique, l'intéressé fait une économie de temps considérable en rentabilisant l'investissement précédant sans avoir à passer par tous les échelons traditionnels. « Parachuté » dans une circonscription (voire passant de hautes fonctions politico-administratives à un poste ministériel), lui est concédé immédiatement un mandat national. Il lui restera à transformer l'essai en consolidant son implantation par l'acquisition d'un mandat local.

Cette échelle de prestige, que l'on peut gravir en France dans les deux sens tout en conservant les pieds sur plusieurs barreaux à la fois, est inconnue ailleurs. En Allemagne, la progression se fait le plus souvent de bas en haut, mais les carrières locales et nationales ne sont pas simultanées. Aux États-Unis, l'accès au Congrès est rarement précédé par une carrière locale ou un mandat dans les législatures d'État. Les deux carrières, nationale et locale, sont plutôt séparées à cette réserve près que les membres du congrès se sentent d'abord les dépositaires des intérêts de leur circonscription. En Grande-Bretagne, au contraire, le député à la Chambre des communes n'a en fait que peu d'attaches locales.

3. « Désirs »

Cette vision statistique ne peut suffire à rendre compte des logiques du recrutement politique. Il faut la compléter par une mise à jour des divers facteurs qui favorisent l'engagement dans cette carrière. Adopter cette perspective[1], c'est d'abord mettre en valeur que **le « désir » naît**

1. Philippe Braud, *Le Jardin des délices démocratiques*, *op. cit.*, p. 174 et suiv.

plus facilement chez des individus dont le milieu familial n'a pas favorisé de représentations négatives de la politique. Ce « climat » positif ne se retrouve pas dans toutes les catégories sociales. Ainsi des couches sociales modestes où la politique peut paraître bien éloignée des préoccupations concrètes de la vie quotidienne, des milieux des agriculteurs, artisans et commerçants, dont le statut économique précaire va souvent de pair avec un rapport à la politique fait de méfiance, voire d'hostilité, au regard des « vrais » problèmes catégoriels qu'elle ignore ou noie dans un « discours » abstrait. Cette distance se retrouve aussi dans les catégories sociales dont la profession est porteuse des valeurs d'efficacité et de rationalité marchande, comme les cadres supérieurs du privé ou les hommes d'affaires qui peuvent douter du « sérieux » des politiques. A l'inverse des milieux familiaux marqués par des traditions d'engagement (associatif ou religieux) et des professions (enseignants, professions libérales), qui peuvent valoriser la politique.

En tous les cas, l'intérêt pour la politique aura été précoce pour ceux qui décident de s'y engager, et sera perceptible dès l'enfance ou l'adolescence. Sans doute, peut-on aussi souligner parallèlement le poids de l'hérédité. Que l'on songe simplement aux dynasties qui, aux États-Unis, auront fourni présidents, vice-présidents, députés, sénateurs : sept cents familles ont envoyé chacune deux ou plus de leurs membres siéger au Congrès… L'hérédité traduit pour une part l'élitisme social, mais signifie aussi un mode de transmission durable des professions fortement ancrées dans notre paysage social. A tous les niveaux de la hiérarchie politique, l'hérédité n'est pas un simple facteur résiduel[1], mais un atout non négligeable pour accéder aux mandats électifs.

1. Claude Patriat, Jean-Luc Parodi (dir.), *L'Hérédité en politique*, *op. cit.*

La famille intervient ainsi dans la reproduction – au sens propre – du personnel politique : la transmission par héritage familial représente par exemple de 10 à 15 % de l'ensemble des successions des conseils généraux en France. Cette transmission est d'autant plus aisée que l'heureux candidat se voit doté, clés en main, d'un réseau de parentèle, d'influences, de connaissances, qu'il devra faire vivre et développer.

On notera aussi les cas – plus rares – où l'élu, contraint par les règles du cumul de mandats de démissionner, placera – ou tentera de placer – son épouse, son fils ou d'autres proches..., dans l'intervalle.

La carrière politique peut aussi constituer une seconde carrière pour des individus parvenus à l'excellence dans leur domaine d'activité, ou un prolongement « naturel », on l'a noté, pour ceux qui auront travaillé de nombreuses années dans « l'ombre » d'un personnage influent. Cette « seconde carrière », si elle est à proprement parler une « reconversion », peut s'entendre aussi comme un moyen d'ascension sociale pour ceux qui n'auront pu réellement « s'accomplir » dans leur premier métier ou la continuation par d'autres moyens d'une même ambition.

Encore faut-il, pour la réaliser, que le prétendant ait les moyens de la politique. La disponibilité économique, mais aussi en temps et en énergie, constitue une variable déterminante, en particulier dans les débuts. On ne s'étonnera pas, dès lors, que certaines professions soient mal loties en la matière, et d'autres plus favorables. Ainsi en France, des enseignants du supérieur ou du secondaire, des hauts fonctionnaires qui peuvent sans prendre de grands risques – revenant dans leur corps d'origine en cas d'échec – s'engager dans le combat politique. En outre, la formation qu'ils ont reçue (droit, science politique) les prédispose à « faire de la politique ».

La liberté qu'accorde le statut varie au regard des règles propres à chaque démocratie. Ainsi, en Grande-Bretagne, le fonctionnaire se voit interdire une carrière politique sauf à démissionner s'il est élu : les incompatibilités sont d'autant plus sévères que l'on est placé haut dans la hiérarchie administrative. Un haut fonctionnaire de Sa Majesté, qui veut devenir député, devra renoncer au Civil Service. En Allemagne, les règles de la fonction publique facilitent au contraire cette présence des fonctionnaires dans les assemblées.

Le statut professionnel, on le voit, peut donc favoriser l'engagement politique en limitant les contraintes auxquelles l'individu devra se soumettre. Il est en particulier des professions pour lesquelles la politique – à tout le moins au niveau national – ne peut être un choix facile, à l'image du commerçant, de l'artisan, de l'agriculteur ou de l'ingénieur, dont l'activité doit être permanente sauf à se déprécier très rapidement.

Plus largement, il existe non seulement des professions dont les statuts particuliers facilitent l'entrée en politique en minimisant ses risques, mais aussi des métiers « connexes » à la politique dont le savoir-faire pourra être réutilisé partiellement. C'est le cas, on l'a dit, des fonctionnaires, des enseignants, mais aussi des avocats, des responsables d'association – voire des journalistes. Enfin, il peut exister une complémentarité entre deux métiers, s'équilibrant l'un l'autre par le réseau relationnel qui en constitue une des bases d'expansion.

4. Les « joies intimes » du métier

Milieu familial, professionnel, contraintes, ces facteurs ne rendent compte que d'un contexte favorable à l'épanouissement d'un désir, non de ses ressorts. Quels sont les bénéfices que l'individu peut retirer de la politique ? Il en est certes de non symboliques. L'argent que procure l'activité politique, ou les moyens de s'en procurer, peut être une motivation, et, au-delà de la rétribution financière, une multitude d'avantages matériels peuvent être liés à la fonction. Mais **le pouvoir politique est d'abord d'une autre**

essence en ce qu'il incarne un sens collectif plus large que toute autre activité. L'attrait d'un certain nombre d'acteurs de la vie économique, culturelle ou sociale pour la politique le confirme. Rares sont en effet les hommes politiques qui choisissent le chemin inverse ou qui ne voient pas comme un échec le retour à une autre activité, fût-elle prestigieuse.

« Quelles sont maintenant les joies intimes que la carrière politique peut donner à celui qui l'embrasse et quelles conditions préalables faut-il lui supposer ? Eh bien ! elle procure la puissance. La conscience d'exercer une influence sur les autres humains, le sentiment de participer au pouvoir et surtout la conscience d'être du nombre de ceux qui tiennent en mains un nerf important de l'histoire en train de se faire, peuvent élever l'homme politique professionnel, même celui qui n'occupe qu'une position modeste, au-dessus de la banalité de la vie quotidienne[1]. » Weber, en quelques lignes, a dit l'essentiel s'agissant des rétributions symboliques et psychiques de l'homme politique à la conquête d'un statut de professionnel. Il est ainsi d'autres avantages, d'apparence moins solide mais aussi essentiels pour comprendre l'attrait qu'exerce le métier.

La notoriété d'abord qui est inhérente à la fonction et se nourrit d'elle. L'élu est incontournable pour les médias locaux ou nationaux, les animations diverses, les responsables de congrès, tables rondes et autres colloques. La présence de l'élu atteste de l'importance de l'événement, quel qu'il soit, et réciproquement. Mais cette notoriété est aussi un combat pour ceux qui souhaitent l'accroître. Elle nécessite un talent consommé pour tisser des liens avec les journalistes, une énergie de tous les instants pour repérer l'intérêt qu'il peut y avoir à se saisir d'un problème pour le transformer en sujet d'« intérêt général », une résistance physique aux « libations » diverses et déplacements qui nourrissent et confortent cette notoriété. Ayant atteint un certain degré, celle-ci devient telle qu'elle acquiert une

1. Max Weber, *Le Savant et le politique*, *op. cit.*, p. 176-177.

sorte de consistance solide, presque indépendante du mandat électif qui autorise le personnage à parler au nom de lui-même, à la troisième personne et à devenir un interlocuteur privilégié des médias. Cette notoriété s'acquiert aussi dans le temps par le cumul d'emplois successifs (et d'importance croissante) qui sont autant d'échelons et d'étalons pour la mesurer. Il n'est que de savoir combien la qualité d'« ancien ministre » peut donner généralement à celui qui peut s'en prévaloir une certaine assurance (dans les deux sens du mot) contre l'indifférence absolue. La notoriété offre enfin un réseau tout autant qu'un capital de relations, de connaissances multiples qui enrichissent la vie sociale d'un acteur politique sollicité par des « amis » de plus en plus nombreux et divers. Cette reconnaissance par une multitude d'individus aux responsabilités variées « remplit » l'existence mais réduit aussi la sphère privée.

L'accession à un mandat électif ou à une fonction gouvernementale donne aussi l'autorité qui est liée à ces responsabilités nouvelles, au service et au nom de la collectivité. Ce sentiment de plénitude, d'efficience et de réalisation de soi réel – ou vécu – est aussi celui d'agir sur les choses et les gens, d'être en prise sur la réalité et d'en être l'un des acteurs légitimes constitue, à n'en pas douter, une satisfaction essentielle.

Cette reconnaissance d'un rôle d'autorité va aussi de pair avec une série d'honneurs qui sont rendus à la fonction et autant d'hommages indirects à la personne. La détention de ce rôle permet enfin de peser concrètement sur le sort des autres : nominations, honneurs, avantages. Cette distribution des gratifications marque l'influence sur le destin d'autrui. Mais celles-ci ne sont pas seulement matérielles : c'est la faculté de valoriser aux yeux de tous tel individu par rapport à ses semblables, de signifier sa préférence, son intérêt (ou, à l'inverse, son insatisfaction). Tous ces gestes, bien que parfois futiles, laissent à désirer ceux qui en sont privés. Cette relation tutélaire, « paternelle » ou de domination pure n'est pas propre au pouvoir politique mais s'y exprime pleinement. Sans doute peut-on donner de cette volonté de puissance une version inquiétante et cynique, « parce que la puissance est le moyen inévitable de la politique et qu'en conséquence, le désir du pouvoir est une de ses forces motrices, il ne peut y avoir de caricature de la politique que celle [...] d'un adorateur du pouvoir comme tel [1] ». En pratique, se mêlera souvent à ce désir lié au « surmoi » une volonté sincère d'aider les autres et, en ce faisant, de se réaliser soi-même.

Ce désir de puissance trouve parfois son expression dans l'appétit sexuel. Les « traditions » nationales divergent cependant. En France, la vie privée des hommes politiques reste protégée et les conquêtes amoureuses, voire les enfants illégitimes, constituent plutôt un signe de bonne santé et de longévité politique ; aux États-Unis, au contraire, elles sont perçues comme une source de désordre et d'immoralité. Cette volonté de puissance trouve aussi son fondement dans le regard d'autrui. Ainsi, les représentés admettraient mal que le détenteur d'un rôle d'autorité soit dépourvu des caractères qu'ils reconnaissent rituellement à l'homme politique : l'efficacité, la ruse, l'influence qui passe par des voies que la raison ne connaît pas toujours.

1. *Ibid.*, p. 179.

2

Les partis politiques

Joseph La Palombara et Myron Weiner ont donné des partis politiques une définition célèbre [1]. Ils indiquent ainsi quatre critères pour les caractériser et les distinguer dans le temps et dans l'espace d'autres organisations.

Les partis politiques sont dotés d'**une organisation durable** et supérieure, en tous les cas, à l'espérance de vie de leurs dirigeants. Cette idée correspond notamment au cas de « routinisation du charisme », un parti ayant été fondé par un chef charismatique mais survivant à son fondateur (comme le parti gaulliste). A l'inverse, ne peuvent être ainsi assimilées aux partis les simples factions ou cliques liées à un chef et qui ne survivront pas à sa disparition. Dire cela n'interdit pas de constater, on y reviendra, qu'au sein des partis peuvent apparaître des tendances, des clientèles organisées. Il peut s'agir de courants incarnés par des personnalités ou de factions regroupées autour d'un homme, lui-même représentatif d'un groupe plus large (comme les familles dans certains partis japonais).

La deuxième caractéristique consiste à repérer **une organisation complète**, « jusqu'au niveau local inclus ». Cette idée de « nationalisation » du parti implique la cons-

1. Joseph La Palombara et Myron Weiner (dir.), *Political Parties and Political Development*, *op. cit.*

titution d'unités de base (sections, fédérations) à différents niveaux locaux. Les partis politiques, même s'ils peuvent avoir pour origine – on le verra – un groupe parlementaire, ne se confondent donc pas avec celui-ci, pas plus qu'avec de simples comités de notables.

Troisième caractéristique : **la volonté délibérée d'exercer directement le pouvoir**. Ce critère n'exclut pas les formations « révolutionnaires » cherchant à renverser l'ordre établi. Cependant, il rend délicate la distinction parti/groupe d'intérêt dès lors que le lien entre les deux entités est organique. Mais cette relation est généralement clairement définie et distingue les ensembles (le parti travailliste et les *trade-unions*). On notera aussi que des groupes d'intérêt peuvent avoir vocation à exercer directement le pouvoir et s'instituer en organisations partisanes (ainsi l'Union de défense des commerçants et artisans en France de Poujade s'investira, en 1956, dans le combat électoral ; voire aussi, dans un autre ordre d'idée, le courant écologiste dont certaines unités ont participé à la constitution de partis).

Le quatrième critère renvoie à **la volonté délibérée pour le parti politique de rechercher un soutien populaire**. Ce critère distinctif élimine les clubs de pensée qui n'ont vocation ni à rechercher une légitimité électorale ni, à proprement parler, un appui militant. Ces « laboratoires d'idées » ou clubs politiques peuvent être liés formellement ou non à des formations politiques et leur fournir une audience et des réseaux dans des milieux sympathisants. Enfin, des clubs peuvent être une des sources constitutives d'un parti politique ou s'agréger à lui (la Convention des institutions républicaines de François Mitterrand fusionnera par exemple dans le nouveau parti socialiste en 1971).

1. Partis politiques et clivages : l'idéologie

Stein Rokkan[1] perçoit la naissance des partis politiques comme l'expression d'une série de fractures ou de conflits politiques marquant l'histoire de l'Europe. Deux clivages s'articulent autour de la construction nationale et deux autres autour de la révolution industrielle.

a) Le clivage État/Église. Il se situe au moment de la Renaissance où le schisme conduit, avec la Réforme, tantôt à une relation d'association et de rivalité entre l'État et l'Église (France, Italie), ou, à l'inverse, à une fusion (Angleterre, Scandinavie). Cette association inégale du politique et du religieux est source d'un conflit et donne naissance aux partis cléricaux, favorables au maintien du rôle traditionnel de l'Église dans l'État, tandis que les partis anticléricaux défendent la séparation, singulièrement en France. Ce conflit sera d'autant plus vivace au XIXe siècle que la sécularisation progressive de la société et la perte d'influence des Églises déplaceront l'enjeu politique vers la maîtrise de l'éducation (la « guerre scolaire »), tandis que le mouvement démocratique s'attachera à la contrôler. Cette opposition est restée vivante jusqu'à la seconde moitié du XXe siècle.

b) Le clivage centre/périphérie. La construction de l'État et la centralisation du pouvoir politique, qui s'épanouissent à partir du XIXe siècle, tendent à homogénéiser la langue, la culture, mais aussi les échanges mettant en cause traditions et identités locales. Cette évolution étaie la constitution d'un clivage centre/périphérie s'articulant d'une part, autour de partis centralisateurs « jacobins » favorables à l'unité politique administrative et culturelle du pays et, de l'autre, autour des formations « girondines » s'attachant à préserver les particularismes locaux ou régionaux face aux prétentions du pouvoir central.

1. Stein Rokkan, *Citizens, Elections, Parties*, *op. cit.*

c) La troisième fracture est issue de la révolution industrielle qui permet le développement de la civilisation urbaine et ses conséquences : mobilisation de l'appareil productif, croissance économique, hausse de la productivité, rationalisation de la gestion. Ce schéma a ses tenants mais aussi ses détracteurs, victimes du progrès et exclus en vertu notamment du caractère traditionnel ou familial du mode d'organisation de leur travail productif. Cette exclusion est d'abord celle du monde rural qui s'organisera dans des partis « agrariens » ou paysans, mais concerne aussi plus tard les petits patrons ou commerçants qui s'agrègeront parfois aux « indépendants » et paysans (CNI en France).

d) Le dernier clivage s'inscrit toujours dans les effets de la révolution industrielle et met à jour l'opposition entre les détenteurs de moyens de production et d'échange et la masse des salariés. Schématisée, cette partition renvoie à la dualité patrons-ouvriers et aux partis conservateurs (ou bourgeois) opposés aux partis socialistes (ou ouvriers). C'est cette unique grille de lecture que l'on retrouve dans la tradition marxiste qui voit dans les partis l'expression politique des classes ou fractions de classe. Par la suite, Rokkan prendra en considération la révolution bolchevique de 1917 qui divise en deux groupes la mouvance des partis ouvriers (socialistes et communistes).

Plusieurs auteurs ont tenté de prolonger cette classification générale[1]. Ainsi, Klaus von Beine ajoute un nouveau clivage issu de l'État-providence, opposant partisans et adversaires de la redistribution des ressources qu'il induit et d'autre part un conflit autour de la société de consommation générant une partition entre ses adeptes – « quantitativistes » et ses détracteurs attachés à la qualité de la vie (d'où la mouvance écologiste).

1. Sur ces typologies, cf. Daniel-Louis Seiler, *Partis et familles politiques*, *op. cit.*

Jean Charlot, quant à lui, tente une classification universelle des partis politiques en retenant trois des clivages de Rokkan (centre/périphérie, Église/État, travailleurs/possédants) en ajoutant une partition État/société civile pour rendre compte en particulier des partis « totalitaires » (dont les partis communistes occidentaux). Enfin, Daniel-Louis Seiler met en œuvre la classification de Rokkan pour percevoir, pratiquement, la réalité contemporaine de ce schéma. En fonction du nom, du parti, de son discours, du clivage auquel il se relie, mais aussi de son électorat et de ses liens avec certaines catégories d'intérêt, l'auteur rattache l'ensemble des formations occidentales à huit familles potentielles dont sept existent effectivement en Occident : partis bourgeois et ouvriers, partis centralistes et populistes, démocrates-chrétiens et anticléricaux, partis agrariens, « isolés », le versant urbain ne donnant lieu à aucune famille particulière. Il ajoute par la suite à ces sept familles la famille communiste. Cette classification n'a rien d'un jeu et aboutit à situer des partis hors de la famille affichée (la CDU-CSU allemande ou l'OVP autrichien ne sont pas classés parmi les partis démocrates-chrétiens mais avec les partis bourgeois, les progressistes islandais sont en fait des agrariens, et les radicaux de gauche en France assimilés non à l'anticléricalisme mais à la famille ouvrière, etc.).

Cette classification à vocation pédagogique est, à l'évidence, simplificatrice et souligne le risque des typologies – qui aboutit au « typologisme », dès lors que les types sont considérés non comme ils doivent l'être, c'est-à-dire des outils abstraits de compréhension du réel, mais comme des types *réels* pouvant enfermer en totalité une réalité autrement plus complexe et plus riche. Peut-on ainsi, pour prendre l'exemple de la France, assimiler le RPR à un parti « centraliste » et le PS à un parti « ouvrier » ? Au lecteur de répondre.

L'essentiel est au total de comprendre que les partis politiques n'épousent pas simplement les clivages

sociaux, mais sont traversés, en vertu de leur genèse, de leur discours, de leur électorat ou des liens tissés avec des groupes d'intérêt, par ces clivages « historiques » même s'ils peuvent y puiser avec plus ou moins de netteté une dominante.

Aussi peut-on sans peine séparer quelques grandes « familles » réunies autour d'un minimum de valeurs et d'intérêts spécifiques. On peut ainsi distinguer à grands traits, libéraux, conservateurs, démocrates-chrétiens, socialistes, communistes, régionalistes et écologistes. Cette partition grossière trouve le plus souvent son origine dans une histoire partagée autour d'une communauté d'intérêts et de valeurs. Mais cette distinction par l'« idéologie » ne saurait à elle seule constituer une grille de classification. L'idéologie n'est pas un donné mais une construction évolutive qui se modèle dans le jeu des alliances, la variabilité des conjonctures.

Giovianni Sartori a ainsi souligné l'intérêt d'analyser la fragmentation des systèmes de partis en mesurant la distance idéologique entre les partis. Et de distinguer des systèmes pluralistes modérés par opposition aux systèmes polarisés où une forte distance idéologique sépare les partis. Dans cet esprit, deux auteurs, Ronald Inglehart et Hans Klingemann, ont tenté, dans les années 1970, de situer les quarante-six partis des neufs pays de la Communauté européenne d'alors sur un axe gauche-droite, afin de mesurer la distance idéologique entre eux[1], à partir de sondages auprès de leurs sympathisants. Les partis italiens, puis français, se dispersent le plus sur l'axe, les partis irlandais et allemands s'y resserrent le plus. S'inspirant de Kenneth Janda, classant en fonction des *programmes* des partis sur un certain nombre de questions (nationalisations, redistribution des richesses, sécurité sociale, laïcité, confrontation

1. Cité par Jean et Monica Charlot, « Les groupes politiques et leur environnement », in *Traité de science politique*, *op. cit.*, p. 474.

Est-Ouest, anticolonialisme), Monica Charlot a de même mesuré la distance idéologique entre conservateurs et travaillistes de 1945 à 1970. Et de constater un rapprochement réciproque des deux partis de 1945 à 1966, remis en cause d'une manière unilatérale par le parti conservateur en 1975. Cette rupture intellectuelle sous le signe du « thatchérisme » a marqué le retour à des clivages forts s'agissant du rôle de l'État, du secteur public, du rôle des syndicats.

En France, on sait que la distinction gauche-droite s'est vue, depuis la Révolution française, reformulée à travers de grands débats. De la fin du XIXe au XXe siècle, la République, l'armée, l'école, l'Église, puis la question sociale et les problèmes économiques, à mesure de l'intervention croissante de l'État, ont articulé des lignes de fracture. Ces positionnements des partis par rapport aux enjeux symboliques ou concrets certifient leur identité au regard d'eux-mêmes et des électeurs.

2. Les partis : une organisation

a. Typologies

La genèse des partis politiques n'est pas sans conséquence sur leur mode d'organisation. Maurice Duverger[1] s'y attache en opérant la distinction entre partis de cadres et partis de masse, présente déjà en pointillés chez Max Weber.

Ainsi, **les partis de cadres** tirent leurs racines historiques de l'époque du suffrage restreint et de son universalisation progressive. Expression politique des élites sociales, ces partis ont une activité tournée principalement vers l'élection et cherchent à recruter parmi les notables – candidats potentiels – dont la fortune et le prestige sont gages d'influence et de financement des campagnes... Les partis de cadres ont une organisation lâche, articulée localement

1. Maurice Duverger, *Les Partis politiques*, *op. cit.*

sur des réseaux notabiliaires très autonomes. Leur discipline est faible et ils ignorent toute structure hiérarchisée.

A l'inverse, **les partis de masse** se singularisent par la recherche du nombre d'adhérents qui fourniront militants actifs et permanents. Leur organisation est pyramidale, hiérarchisée de la base au sommet, leur financement assuré par les cotisations des membres. Ils naissent avec le suffrage universel et veulent encadrer, représenter et éduquer les classes populaires appelées désormais à voter. Ce sont les partis socialistes qui, à partir de la fin du XIXe siècle, assureront cet encadrement. Ce modèle des partis de masse correspond à la description de Weber : « Du point de vue *formel* nous assistons à une démocratisation accentuée. Ce n'est plus le groupe parlementaire qui établit le programme fixant la ligne de conduite du parti, ce ne sont plus les notables locaux qui décident des candidatures aux élections, mais ce sont des réunions des militants organisés à l'intérieur du parti qui choisissent les candidats et qui, d'autre part, délèguent certains de leurs membres dans des assemblées de l'instance supérieure, dont il peut exister plusieurs échelons, jusqu'à l'assemblée générale appelée “congrès du parti” [1]. »

Maurice Duverger place à part **les partis politiques américains** cherchant à encadrer les électeurs (système des primaires) sans que l'on puisse les désigner comme des partis de masse. Très organisés, ils connaissent un système d'encadrement perfectionné à tous les échelons locaux au travers d'un certain nombre d'agents électoraux jouant un rôle d'assistant social proche des citoyens (les *bosses*). Les partis américains restent des partis de cadres structurés par les notables, et souples, sans discipline stricte de vote au Congrès, cette « souplesse » s'enracinant localement dans le fédéralisme.

Maurice Duverger distingue aussi les **partis directs** qui connaissent l'adhésion individuelle des **partis indirects**

1. Max Weber, *Le Savant et le politique*, *op. cit.*, p. 155.

auxquels on adhère par l'intermédiaire de l'adhésion à une autre organisation (comme les *trade-unions* et le parti travailliste en Grande-Bretagne).

Enfin, il différencie **les partis totalitaires**, caractérisés par une idéologie globalisante de la société et des individus qui la composent, des partis spécialisés articulés autour d'objectifs limités ou des intérêts de catégories spécifiques de la population (les écologistes, les partis agraires).

La typologie de Duverger – qui demeure globalement valable – n'a pas manqué d'être critiquée au regard de son approche unifactorielle (l'organisation) et unidimensionnelle, négligeant la diversité des cultures et des expériences historiques pour les enfermer dans des modèles déterministes (les partis de cadres étant ainsi condamnés à terme à la disparition). L'intérêt de l'approche organisationnelle reste cependant de porter le regard sur le fonctionnement interne du parti et la distribution du pouvoir en son sein.

b. Des organisations « bureaucratiques » ?

« En fait, écrit Weber, le pouvoir est maintenant entre les mains des permanents qui sont responsables de la continuité du travail à l'intérieur de leur organisation ou encore entre celles des personnalités qui dominent personnellement ou financièrement l'entreprise [1]. » L'auteur souligne ainsi que « la domination des notables et surtout des parlementaires » tend à être contrecarrée par l'émergence des partis modernes, structurés, rigides et disciplinés.

« Des individus qui font de l'activité politique leur profession principale, tout en restant en dehors du Parlement, reprennent en main l'entreprise politique. Ce sont ou bien des "entrepreneurs" – à la manière du *boss* américain ou de l'*election agent* anglais – ou bien les fonctionnaires des partis, aux appointements fixes [2]. » Weber décrit ici plutôt des « partis de masse », socialistes ou communistes, mais attire

1. *Ibid.*
2. *Ibid.*, p. 154-155.

surtout l'attention sur la structuration croissante des organisations partisanes.

La bureaucratisation et la professionnalisation des partis demeurent la tendance lourde de leur évolution, étroitement liée à la professionnalisation de l'activité politique. Dès lors, la « bureaucratisation » du parti sera le signe de sa modernité et de son efficacité apparente, mais elle peut aussi être analysée en une confiscation du pouvoir par les professionnels au détriment des adhérents et militants et ce, quelles que soient les procédures apparentes de distribution du pouvoir. C'est dans cet esprit qu'un Roberto Michels, disciple de Weber, tirait en 1911 la leçon de son expérience au sein du parti socialiste allemand dans un livre célèbre, *Les Partis politiques*[1]. Il s'agit alors pour lui de souligner qu'une organisation « démocratique » (ou parti de masse) conduit nécessairement à la constitution d'une oligarchie. « Le parti [...] ne s'identifie pas nécessairement avec l'ensemble des membres inscrits, et encore moins avec sa classe. Devenant une fin en soi, se donnant des buts et des intérêts propres, il se sépare peu à peu de la classe qu'il représente. »

La croissance de l'organisation justifie pour Michels la constitution d'une strate de professionnels en charge du parti, assurant son développement et sa continuité, se perpétuant par la cooptation, le népotisme et s'identifiant au parti. Cette « loi d'airain de l'oligarchie » s'applique aussi dans les syndicats, voire « comme la forme préétablie de la vie en commun des grands agrégats sociaux », la technicité croissante des tâches comme la « pathologie des foules » – ou plutôt leur apathie – en étant le ressort.

Le mode de fonctionnement décrit par Michels ressemble plus aux partis totalitaires qu'aux partis démocratiques, et dessine les traits du parti imaginé par Lénine : une organisation disciplinée et centralisée confiée à une

1. Roberto Michels, *Les Partis politiques. Essai sur les tendances oligarchiques des démocraties*, *op. cit.*

minorité de révolutionnaires professionnels encadrant une masse prolétarienne amorphe. Certes, dans son degré de généralité, l'analyse de Michels est juste et souligne ce que maints auteurs classiques ont noté avant lui : une organisation secrète, une élite restreinte professionnelle qui tend à se maintenir et à la dominer ainsi que ses membres.

Le « continuum » de William Wright échappe au caractère normatif de l'analyse de Michels [1]. Il vise en effet idéalement à construire une typologie des partis autour de deux logiques et de deux modèles opposés : le modèle de la démocratie interne et celui de la rationalité et de l'efficacité. Ces deux points extrêmes du continuum se différencient en tous points : structures, fonctionnement, fonctions. Ainsi, l'aspiration à un gouvernement démocratique du parti conduit à une forte structuration, à une décentralisation contrôlée et à une forme d'« amateurisme organisationnel ». L'idéologie est un enjeu important, le groupe parlementaire est contrôlé et la participation des adhérents encouragée. Le parti rationnel-efficace, au contraire, tourné vers l'élection, néglige la participation des adhérents – tout autant que le caractère précis de son programme –, privilégie une adaptation souple de ses structures au sein desquelles le groupe parlementaire reste très autonome. Entre ces deux points, qui ne sont pas sans rappeler la distinction parti de masse-parti de cadres, existent des types intermédiaires que l'observateur pourra identifier en vertu des critères énoncés.

c. Organisation et idéologie

Dans les typologies énoncées, on aperçoit le lien étroit qu'entretiennent l'organisation et l'« idéologie ». Otto Kirchheimer [2] souligne ainsi dans les démocraties

1. William Wright, *A Comparative Study of Party Organization*, *op. cit.*

2. Otto Kirchheimer, « The Transformation of the Western European Party Systems », *in* Joseph La Palombara, Myron Weiner (dir.), *Political Parties and Political Development*, *op. cit.*

modernes le développement des partis « attrape-tout » *(catch-all party)*, caractérisés par leur faible dimension idéologique, ce qui est aussi peut-être une idéologie, la volonté affirmée de capter le maximum de suffrages dans les secteurs les plus divers de la société [1]. Ils s'apparentent souvent à des partis à vocation majoritaire que l'on peut rapprocher des « partis d'électeurs » (Jean Charlot) tournés vers les électeurs – mais on pourrait ajouter vers une multitude de groupes d'intérêts. Ils correspondent en France au mouvement gaulliste sous la Vᵉ République (UNR, puis UDR, puis RPR) ou au parti socialiste des années 1980.

Moins qu'une évolution inéluctable vers la formation de ce type de partis qui serait liée à une « dépolitisation » des sociétés démocratiques, il faut voir que ces formations politiques ont su créer des dynamiques sociales autour d'elles, certains partis dépassant leur électorat traditionnel pour séduire, en particulier, de nombreux citoyens peu intéressés par la politique.

d. La distribution du pouvoir

La question de la distribution du pouvoir reste donc essentielle à l'analyse des partis. Elle ne peut cependant être dissociée de celle de la concurrence interne à ces organisations. Il est vrai que tout leur effort est porté pour les masquer ou les faire apparaître comme la simple expression d'une démocratie interne. La tétralogie partisane, si elle met en scène une série de rituels à vocation unificatrice, emblèmes, discours mettant en exergue son enracinement historique, congrès, « grands-messes », masque le plus souvent la diversité inhérente au parti politique.

Le jeu des « tendances » existe même dans les formations qui en nient l'existence. Ainsi le « centralisme démocratique » du parti communiste français supposait le débat à la base et l'unanimité au sommet. Il a dû s'accommoder dans les dernières années d'une reconnaissance –

1. On retrouve aussi chez La Palombara et Weiner les partis « pragmatiques » et les partis « idéologiques ».

forcée – de l'existence d'une diversité, stigmatisée (et vouée à l'exclusion des « fractionnistes ») ou reconnue mais minimisée (« rénovateurs » ou « reconstructeurs »).

Partitions, fractures, révèlent des affrontements entre des dirigeants en compétition pour s'assurer la maîtrise de l'appareil. Mais il serait naïf de croire que les sensibilités et les projets qui s'affrontent au travers et au-delà des personnalités ne font que se confondre – au mieux – avec l'intérêt de leur « clientèle » au sein du parti. En formulant une vision du monde, elles expriment aussi des exigences de segments de la société.

Enfin, cette diversité existe sur le plan local. Elle est particulièrement mise en relief par l'exemple américain. Marie-France Toinet souligne les conséquences du fédéralisme sur le système de partis : « Le parti d'État [...] regroupe une profusion de partis locaux à l'échelon de la ville et du comté [...]. Le fédéralisme impose en quelque sorte la fragmentation des partis, et leur caractère quasi féodal, voire anarchique. Cette décentralisation a plusieurs conséquences. En premier lieu, l'absence de cohésion et de discipline des partis américains, leur déchirement en de multiples factions. La décentralisation du système favorise les particularismes locaux [...]. L'influence des groupes de pression sur les partis politiques est directement liée à cette absence de cohésion des partis et à leur structure féodale[1]. »

L'exemple presque caricatural des États-Unis invite aussi à souligner, même dans les États unitaires, que les partis politiques ont un visage différent selon leur lieu géographique d'expression qui renvoie à une implantation, des réseaux, des *histoires* fort diverses. Ainsi, en France, des fédérations « puissantes » du parti socialiste comme celles du Nord – Pas-de-Calais ou des Bouches-du-Rhône qui ont longtemps façonné la vie du parti, ou des fédéra-

1. Marie-France Toinet, *Le Système politique américain*, *op. cit.*, p. 489.

tions du Sud-Ouest qui demeure la dernière expression vivace du radicalisme. Les particularismes sont d'autant plus prégnants sur la vie du parti qu'ils expriment des traditions sociales, culturelles, enracinées localement, contribuant ainsi à marquer fortement son identité.

3. Le parti comme appareil humain : la figure du militant

De manière générale, dit Weber, tout homme politique a « besoin de partisans, c'est-à-dire d'un appareil humain ». L'entreprise politique a pour ressource des individus pour collecter des suffrages sur le « marché électoral ». « Or, cet appareil ne marche que si on lui fait entrevoir des récompenses psychologiques ou matérielles indispensables, qu'elles soient "célestes ou terrestres"[1]. » Les entreprises humaines, de manière générale, avancent des promesses, procurent des biens qui leur assurent la fidélité de ceux qui les servent. Certes, « les militants et surtout les fonctionnaires et les entrepreneurs du parti, attendent naturellement du triomphe de leur chef une compensation personnelle : des postes ou autres avantages[2] ». Mais, les rétributions psychologiques ne sont pas absentes. « Ce sont la satisfaction de ses haines, de ses vengeances, de son ressentiment surtout et de son penchant à avoir raison à tout prix : par conséquent, assouvir son besoin de diffamer l'adversaire et de l'accuser d'hérésie[3]. »

Au cœur de cet appareil, la figure du militant apparaît emblématique tout autant que floue. La notion de militant est en effet un cliché : l'image qui vient à l'esprit est celle d'un individu engagé dans l'action, fidèle à son parti et dont le désintéressement est à la mesure de son investissement en temps et en énergie. Pourtant, cette

1. Max Weber, *Le Savant et le politique*, *op. cit.*, p. 194.
2. *Ibid.*, p. 156.
3. *Ibid.*, p. 194.

image d'Épinal que valorisent d'ailleurs les partis en vantant les mérites du « militantisme » souligne d'abord le fait que le militant se distingue en tant qu'adhérent actif au sein de l'organisation, tant du point de vue de sa vie interne (participation, réunions, congrès) que de ses manifestations extérieures (démarchage, collage d'affiches ou ventes de journaux, etc.). Ensuite, il est clair que les partis politiques ne valorisent pas également l'activité militante (ce qui renvoie notamment à la distinction parti de cadres/parti de masse). Dans certains cas, la force militante peut constituer la principale ressource de l'organisation (ainsi des formations marginales d'extrême gauche) ou l'expression de son identité sociale (le PCF comme contre-société). Enfin, les militants ont généralement tendance à identifier le parti à des traits idéaux ou idéalisés (et à s'identifier au parti), qu'il s'agisse de ses traditions, des groupes qu'il est censé défendre ou représenter.

Cette intransigeance supposée ou réelle tient d'abord à la place qu'occupe le parti dans leur vie quotidienne. Françoise Subileau a ainsi souligné[1], synthétisant les recherches en la matière, les ressorts de l'activité militante. Une socialisation politique précoce et intense (que l'on retrouve particulièrement chez les militants communistes, mais aussi dans la plupart des formations politiques) ; la quête d'une identité individuelle au sein d'une communauté, d'une famille (on retrouve notamment cette recherche chez des militants du Front national) ; la valorisation sociale au regard d'un statut professionnel insatisfaisant (ou l'absence de statut) ; enfin la volonté de promotion sociale, tout autant par l'espoir d'un mandat électif que par le réseau relationnel offert par l'organisation, sans

1. Françoise Subileau, « Le militantisme dans les partis politiques sous la Ve République », *Revue française de science politique*, n° 5-6, octobre-décembre 1987. (Voir aussi Henry Rey et Françoise Subileau, *Les Militants socialistes à l'épreuve du pouvoir*, Paris, Presses de la FNSP, 1991.)

compter la valorisation personnelle qu'il y a à fréquenter, presque familièrement, les personnages en vue.

En pratique, il sera difficile de démêler l'écheveau des motivations qui se situent sur le registre psycho-affectif ou matériel, de la frustration et de l'intérêt ou du rôle joué par la socialisation initiale. De ce point de vue, elle peut signifier tout autant un milieu familial susceptible de sensibiliser très tôt l'individu à l'engagement qu'un milieu professionnel propice (le milieu ouvrier ou la fonction publique où l'activité syndicale est significative) que des investissements antérieurs dans des groupes de cause (militantisme associatif, mouvance catholique, etc.).

Mais pourquoi s'engager personnellement et en prendre le risque – et le temps ? Mancur Olson défend l'idée que la logique de l'intérêt conduit chacun à laisser aux autres le soin d'obtenir ou de défendre des avantages collectifs dont on bénéficiera individuellement... En conséquence, l'individu ne décide de s'engager qu'à la condition d'y trouver un avantage particulier et individuel[1]. Certes, le parti offre une série de rétributions matérielles à travers ses réseaux d'élus locaux et nationaux et *a fortiori* gouvernementaux s'il est au pouvoir : emploi, logement, facilités administratives, relations professionnelles, etc.

Le parti offre aussi la possibilité d'accéder à des fonctions de permanents au sein de l'organisation comme à des responsabilités dans les organes directeurs, et enfin la chance de briguer un mandat électif. Le parti est aussi un lieu de sociabilité qui peut compenser un statut personnel ou professionnel peu satisfaisant. Il offre un espace de convivialité (fêtes, rencontres) où les hiérarchies sociales s'estompent et se dissolvent dans l'ivresse de la camaraderie ou du compagnonnage, voire de l'amour. Pour reprendre le schéma d'Olson, qui néglige cette dimension « irrationnelle », tout cela relève-t-il vraiment d'un calcul ?

1. Mancur Olson, *Logique de l'action collective*, *op. cit.*

Enfin, l'ego se trouve satisfait de participer à la défense et à l'élaboration de causes dont la généralité est à la mesure du don de soi. Cette dimension est soulignée par la ferveur de l'engagement militant, provoquée par les périodes de « crise » ou de mouvements sociaux (guerres d'Algérie, du Viêt-nam, mai 1968, etc.) et est au psychoaffectif ce que sont sur le registre de l'intérêt les flux d'adhésion parvenant à un parti proche d'exercer le pouvoir. Albert Hirschman[1], en soulignant la fluidité de la population militante, met ainsi bien en lumière, au travers des phases successives d'engagement et de désengagement, que le militantisme est le produit d'une tension entre les passions et les intérêts.

4. Le rapport au pouvoir : partis gestionnaires, partis protestataires

Dans les démocraties pluralistes, les partis ont vocation à exercer directement le pouvoir. Mais leur relation à celui-ci n'est pas identique. Il est ainsi possible de distinguer les partis gestionnaires et protestataires.

Les premiers, sans toujours pouvoir prétendre être à vocation majoritaire, sont caractérisés d'abord par leur proximité au pouvoir et leur volonté première de l'exercer, à l'image du parti radical sous la IIIe République ou du PS ou du RPR sous la Ve. Mais des formations charnières par leur position stratégique sur l'échiquier politique (centre ou extrême) peuvent aussi obtenir des bénéfices gouvernementaux (nombre de portefeuilles) ou électoraux (accords avec les formations dominantes), sans commune mesure avec leur potentiel électoral ou militant souvent très faible (l'UDSR de François Mitterrand sous la IVe République, le parti radical au sein de l'UDF sous la Ve République, etc.). Ils peuvent cependant se prévaloir de

1. Albert Hirschman, *Bonheur privé, action publique*, *op. cit.*

personnalités fortement enracinées localement et de réseaux – parfois disparates – d'élus locaux. A vocation majoritaire ou charnière, tous les partis de « gouvernement » ne s'encombrent pas d'un lourd bagage idéologique.

Opposés aux partis gestionnaires, les partis protestataires ont, idéalement, vocation à remplacer les premiers. Nés d'un refus, porte-parole de groupes sociaux – à l'image des partis communistes –, ou épousant un enjeu de société (l'écologie, l'agriculture), témoins d'un avenir qui se conjugue au passé – en France la monarchie, le maoïsme –, tous ont en commun une identification fondée sur un discours profondément dissensuel. Ils peuvent prendre position sur des questions évacuées par les formations traditionnelles – l'immigration, le nucléaire – et proposer des « solutions » dont l'application est, par définition, éloignée de toute perspective réaliste ou gestionnaire.

Leur difficulté existentielle tient d'abord aux barrières matérielles et symboliques qui les placent à l'écart du jeu politique « normal » : seuil pour des élections (qui peut aller de pair avec un financement public), « respectabilité » ou sérieux de leurs propositions. Ensuite, ils peuvent voir récupérées ou intégrées dans des programmes plus vastes leurs préoccupations par les partis de gouvernement. Enfin, dans la mesure même où leurs discours et leur stratégie les excluent du jeu politique traditionnel, voire stigmatisent les autres formations, leur incapacité à entrer dans le jeu peut démobiliser à terme une partie de leur électorat tentée de voir transformée sa protestation en action positive. On ne saurait cependant réduire l'existence des partis protestataires à une sorte d'anomalie, de phénomène marginal. La perdurance du parti communiste français dans le système politique français, malgré un lent « déclin », permet notamment de poser autrement la question et d'envisager plus largement les fonctions exercées par les partis politiques.

5. *Les fonctions des partis politiques : l'exemple du PCF*

Georges Lavau considère les fonctions comme des « contributions » ou solutions que des acteurs apportent, par leurs actes, à des exigences fonctionnelles des systèmes auxquels les acteurs sont reliés, ces exigences fonctionnelles étant supposées être ce qui est nécessaire à ce système pour survivre, s'adapter, atteindre ses buts, ne pas se dénaturer ». Ces solutions « peuvent résulter soit des buts proclamés de l'activité immédiate des acteurs (fonctions manifestes), soit des résultats non consciemment recherchés et non immédiats desdits acteurs (fonctions latentes) ». Lavau distingue trois fonctions fondamentales :

a) La fonction de légitimation-stabilisation. Pour « se défendre et pour *résister* aux tensions centrifuges communes à ses processus internes de combat politique », un système politique doit être légitimé et stabilisé. Ainsi, d'une manière latente, le parti communiste français remplit cette fonction en participant aux élections, en refusant le désordre (comme en mai 1968), d'autant mieux qu'il incarne, pour une large fraction de la « classe ouvrière », un porte-parole légitime.

b) La fonction de relève politique. Il s'agit pour le système politique de susciter des « programmes politiques », c'est-à-dire des propositions de changement aux orientations politiques précédemment définies et des critiques sur la politique menée par les autorités. Il doit de même offrir la possibilité d'une relève de ces autorités. Les partis « gestionnaires », pour reprendre cette catégorie, contribuent pleinement et manifestement à cette fonction. Mais le parti communiste (et plus largement les partis protestataires comme les écologistes ou le Front national en France) ne l'assume guère puisque sa stratégie d'opposition au système, malgré des alliances électorales avec le parti socialiste, le conduit généralement (sauf sa participation ambiguë au gouvernement d'union de la gauche de 1981 à 1983) à refuser le pouvoir.

c) La fonction tribunicienne. C'est ici que la question générale posée par Georges Lavau à propos du parti communiste[1] prend tout son sens : « Comment certains partis, théoriquement hostiles au système politique et à ses valeurs, peuvent-ils à la fois constituer une gêne réelle mais non insurmontable pour ce système politique et contribuer cependant de façon indiscutée au maintien de certains éléments de ce système ? » Celui-ci est « traversé par de fortes hétérogénéités culturelles, socio-économiques et politiques qui engendrent des prédispositions à des conflits ». Pour « neutraliser ces forces centrifuges » et singulièrement les groupes sociaux les plus marginalisés, le PCF exerce, à l'image du tribun de la plèbe sous la République romaine, une « fonction tribunicienne » : « En canalisant et en disciplinant les révoltes, en leur donnant des débouchés politiques légaux et ordonnés (le vote, les défilés dans le calme et la puissance, les "journées d'action" ritualisées), le PCF sert d'autant mieux le fonctionnement du système que les résultats politiques de cette activité tribunicienne se traduisent dans les cas les plus favorables par des "pannes" dans le fonctionnement du système ou par un accroissement de quelques points du pourcentage de voix recueillies par le PC, mais qu'ils n'ont jamais pu menacer réellement la vie même du système. » Ajoutons à cette analyse que le parti communiste, parfois présenté comme une « contre-société » (Annie Kriegel), a su encadrer de larges fractions de la population au travers d'une série d'organisations (jeunesse, anciens combattants, femmes, etc.), mais aussi grâce à de multiples associations municipales, tissant des réseaux de sociabilité. Ainsi en France, la « crise des banlieues » n'est-elle pas

1. Georges Lavau, *A quoi sert le PCF ?*, *op. cit.*

étrangère à l'effondrement électoral du parti communiste. Celui-ci va de pair avec la disparition de ces réseaux qui assuraient l'intégration sociale des populations.

3

Les groupes d'intérêt

Les groupes d'intérêt sont des organisations disposant d'un minimum de structuration et cherchant à faire valoir leurs *intérêts* auprès du pouvoir politique. On préférera ce vocable à celui de *groupe de pression* qui évoque plutôt chez les auteurs une action permanente et l'objet presque unique du groupe auprès des pouvoirs publics. En outre, cette notion a, en France, une connotation péjorative qui tend à nier la légitimité de ce type d'intervention auprès de l'État, garant de l'« intérêt général ».

Une première classification[1] permet de distinguer deux types de groupes d'intérêt selon leur organisation : institutionnels et associatifs. Les groupes institutionnels émanent de structures qui n'ont pas vocation en elles-mêmes à articuler et défendre des intérêts spécifiques, mais peuvent se servir de ces mêmes structures pour les faire valoir : Administrations, corps de fonctionnaires ou de hauts fonctionnaires, églises, des groupements d'élus locaux, etc. Les groupes associatifs, au contraire, sont organisés dans le but de défendre leurs intérêts spécifiques : syndicats, groupes professionnels. Il est juste cependant de souligner que les groupes d'intérêt se définissent plus en termes d'action et dans l'action que d'un

1. Gabriel Almond et Bingham Powell, *Comparative Politics. A developmental Approach*, Boston Little Brown, 1966.

point de vue statique. Ainsi, une série de groupes associatifs n'a pas vocation générale à influencer les pouvoirs publics mais se mobilisera seulement si un intérêt décisif est mis en cause.

Par là même on veut souligner, au sein des groupes « associatifs », la puissance des organisations patronales, syndicales et agricoles qui demeure, dans les démocraties occidentales, peu contestée[1].

Une seconde classification distingue les groupes à vocation large des groupes à vocation spécialisée. Les premiers assurent la défense des intérêts d'une strate de population dont ils assurent la représentation globale auprès des pouvoirs publics. Ils peuvent être à base socio-économique (CGT, CNPF, en France, etc.), socioculturelle (femmes, minorités ethniques, parents d'élèves, etc.). Les seconds, initiés notamment aux États-Unis dans les années 1970, dits à vocation spécialisée, ne tirent pas leur existence d'une base sociale préexistante, mais d'une *cause* particulière dont ils se font les champions : défense de la nature, des droits de l'homme, de la peine de mort, etc.

Pour les groupes à vocation large, tout particulièrement, il est indispensable, tant vis-à-vis de leurs affiliés et sympathisants que vis-à-vis du public, de rationaliser leurs revendications en termes d'intérêt *général*. Les syndicats de fonctionnaires mettront en avant la défense du service public, les syndicats ouvriers celle de l'emploi, les syndicaux patronaux aussi… Cette transmutation est plus aisée pour les groupes à vocation spécialisée dont la généralité de la cause est à l'origine de l'action. Ainsi les écologistes défendent la planète, les partisans de la peine de mort la sécurité de leurs concitoyens. Ce travail d'occultation est donc à la base de la communication interne et externe du groupe, qui n'est pas sur le fond toujours distincte de celui que mène toute entreprise privée ou publique.

1. Yves Mény, *Politique comparée*, *op. cit.*, p. 114 et suiv.

Tantôt fortement enracinée dans la culture démocratique, à l'image des États-Unis, tantôt tenus en suspicion comme en France, la légitimité des groupes d'intérêt entretient un rapport étroit avec le consensus, c'est-à-dire la capacité du pouvoir à mettre en œuvre les fondements idéaux des principes fondateurs d'une société politique. Ainsi les citoyens s'accordent-ils non seulement sur le cadre constitutionnel, garant de l'État de droit, sur les fondements démocratiques du régime politique assurés par l'élection des gouvernés par les gouvernants, mais aussi sur les fondements et modalités, le champ d'intervention de l'action politique. Dans les sociétés politiques à forte hétérogénéité ethnique, religieuse ou régionale, comme la Suisse, les Pays-Bas et la Hollande, où le « consensus » repose non sur la ressemblance des parties du tout mais sur un accord sur les règles de la concurrence politique, des différences sociales, de négociation qui limitent l'hégémonie d'un groupe sur l'autre, le consensus est garanti par l'accord, la négociation et l'arrangement constant entre les élites qui les représentent. Derrière la façade du Parlement, de l'exécutif, se nouent les compromis entre des groupes (vivant ensemble mais séparés) et le pouvoir politique qui en est l'émanation partielle et composite.

1. Partis politiques et groupes d'intérêt

Les groupes d'intérêt sont en relation constante avec les partis politiques dont il est parfois difficile de les distinguer. Les *trade-unions* ont contribué à la création du parti travailliste, mais privilégient cependant une action spécifique et disposent d'une organisation distincte. La CGT en France est souvent considérée comme le prolongement organique du PCF et n'hésite pas à s'engager sur le terrain politique. Mais elle n'envisage pas de participer directement à l'exercice du pouvoir.

Il existe par ailleurs des conflits parfois sérieux entre partis et syndicats : oppositions entre les syndicats britanniques et le parti travailliste dans les années 1970, s'agissant de la réglementation de l'activité syndicale, ou, plus diffus en France, entre le parti socialiste et les organisations laïques lorsque le gouvernement socialiste retire en 1984 son projet sur l'école. Mais on pourrait plutôt analyser ces difficultés en termes d'associés rivaux, en soulignant par là même l'intérêt des liens organiques ou informels qui peuvent s'établir entre eux. Ainsi est-il fréquent que les membres des partis politiques participent à la vie syndicale et/ou associative et ce d'autant mieux qu'ils sont impliqués dans le « militantisme » : en France, des adhérents du PCF, membres de la CGT, de la FEN s'ils sont enseignants, de l'UNEF s'ils sont étudiants. De même, des militants du PS se partagent inégalement entre la FEN (26 %), la CFDT (27 %), la CGT (2 %), FO (6 %)[1].

Ces recoupements n'existent pas seulement au niveau militant mais aussi à l'échelon dirigeant ou parlementaire. En Allemagne, près d'un député sur deux dans les années 1970 est membre du puissant syndicat DGB. En Grande-Bretagne, de nombreux parlementaires ont été, dans un passé proche de leur élection, responsables d'organisations professionnelles ou de syndicats.

Au-delà de ces croisements, il existe des relations formelles ou informelles entre les groupes d'intérêt et les partis politiques. Il est d'ailleurs fréquent qu'au sein de leur organisation existent un certain nombre d'agents spécialisés et de délégations en charge d'intérêts singuliers[2] : professions (médecins, agriculteurs), grandes causes (droits de l'homme, justice), etc. Il existe par ailleurs des « affinités électives » entre les formations politiques et les groupes d'intérêt. Ainsi par exemple en France des liens entretenus

1. Cité par Jacques Lagroye, *Sociologie politique*, *op. cit.*, p. 275.

2. Le cas des agriculteurs en est un bon exemple. Cf. Jean-Louis Marie, *Les Agriculteurs et la politique*, Clefs, 1993.

entre les syndicats enseignants avec le parti socialiste ou de syndicats médicaux avec le RPR. Ceux-ci font partie de leur « clientèle électorale » et ont un accès *familier* au parti ou groupe parlementaire[1], voire à l'exécutif. (Ces liens se révèlent aussi parfois en matière de financement…)

Souvent, il s'agira pour les groupes à vocation large qui ont, par définition, une base sociale préexistante et entretiennent des relations privilégiées avec certains partis politiques. (Certains groupes cependant, comme les agriculteurs en France, mobilisent le plus souvent l'ensemble de l'échiquier politique, malgré des affinités plutôt proches de la droite.) Les groupes à vocation spécialisée sensibilisent plus largement l'ensemble des partis, d'une part pour certifier l'intérêt général de leur cause, mais aussi parce qu'ils peuvent souvent dépasser, au moins en apparence, les clivages politiques traditionnels (la nature, les droits de l'homme, etc.).

2. L'intervention des groupes d'intérêt

L'intervention indirecte s'attache souvent à accompagner ou à préparer une intervention auprès des pouvoirs publics. Les procédés classiques sont connus : manifestations, pétitions. D'autres procédés modernes liés à la médiatisation de la vie publique ont fait leur apparition en particulier chez les groupes de « cause ». Aux campagnes traditionnelles de presse gérées par des « amateurs », on a vu se développer chez certains groupes d'intérêt des emplois et des budgets de communication. Les achats d'espace ont pour objet non seulement de faire connaître la cause spécifique défendue mais aussi *d'exister* auprès de l'opinion publique, voire de concurrencer d'autres groupes d'intérêt auprès d'elle.

L'intervention directe s'opère aussi aux différents niveaux de l'État et son efficacité variera selon le mode de

1. Cf. *supra.*

distribution du pouvoir politique. Longtemps dans les démocraties occidentales, le Parlement a constitué le lieu privilégié de ces interventions. Il n'est plus désormais, sauf aux États-Unis, le lieu d'impulsion décisif.

Les *lobbies*, dont l'histoire est d'abord liée à celle des États-Unis, malgré des confusions fréquentes, ne s'identifient pas systématiquement aux groupes d'intérêt. On serait tenté de dire que certains groupes d'intérêt ne se livrent pas *stricto sensu* à des activités de *lobbying* et que d'autres *lobbies* n'agissent pas toujours au nom de groupes d'intérêt. Ainsi existe-t-il des agents ou des sociétés spécialisées dans le lobbying agissant au nom d'entreprises privées. Les groupes d'intérêt qui se livrent à une activité de *lobbying* d'influence directe doivent souscrire à un cadre légal. Aux États-Unis, dès 1855, un rapport au Congrès dénonçait les effets néfastes des *lobbies* et tout particulièrement la corruption qu'ils génèrent. Aussi en 1876 et en 1929 sont instruites des enquêtes sénatoriales ayant trait à leurs activités. Encore s'agit-il de proposer l'encadrement de l'activité de *lobbysts*, représentant des industries auprès des parlementaires… Ce n'est qu'en 1935 qu'est imposé l'enregistrement des *lobbysts* des sociétés holdings et en 1938 ceux dépendants directement d'intérêts étrangers dont l'activité est réglementée (un compte rendu semestriel de celle-ci doit être adressé au ministère de la Justice). Mais ce n'est qu'en 1946 que la loi procède à une réglementation d'ensemble qui vise cependant uniquement les interventions auprès du Congrès et dont la portée a été précisée – en fait restreinte – par une décision de la Cour suprême de 1954 : les règles du *Lobbying Act* s'appliquaient aux organisations dont le « but principal » est d'influencer une législation par des contacts directs avec les membres du Congrès. Et ils doivent se faire enregistrer par ses services si, dans leur action, ils reçoivent ou sollicitent de l'argent.

Les institutions de la Communauté européenne sont aussi et de plus en plus, compte tenu de la suprématie croissante du droit européen sur les droits nationaux, l'objet de sollicitations directes des groupes d'intérêt. Il faut d'abord souligner le rôle important que peut jouer le rôle croissant du droit des sociétés démocratiques dans la constitution et la vie de ces groupes. La régulation par le droit de secteurs croissants de la société cristallise des conflits autant qu'elle les résout, donnant naissance à des groupes *ad hoc*, mobilisés pour une cause spécifique. Surtout, elle fait de l'expertise une ressource importante à maîtriser. Certains groupes ont des représentations permanentes ou temporaires à Bruxelles auprès de la Commission, ou à Strasbourg auprès du Parlement. Les États eux-mêmes se comportent auprès de ces institutions comme des groupes d'intérêt épousant parfois les exigences de groupes infra-nationaux (les agriculteurs, les firmes sidérurgiques, automobiles).

En Allemagne, les groupes d'intérêt souhaitant entretenir des relations avec le Parlement et le gouvernement doivent se faire enregistrer auprès de la présidence du Bundestag (loi du 21-9-1972) : raison sociale, structure, nom des dirigeants et représentants. Il s'agit d'une formalité qui facilite la reconnaissance justement formelle des groupes par les pouvoirs publics (un millier environ).

En Grande-Bretagne, le Parlement en raison de son prestige traditionnel et de son rôle de caisse de résonance reste très sollicité par les groupes. Mais le point d'accès majeur reste l'exécutif qui, dans le système politique britannique, est le véritable centre d'impulsion et de décision. L'accès aux pouvoirs publics ne fait pas l'objet d'une réglementation, pas plus d'ailleurs qu'en Italie où l'attention des groupes d'intérêt se porte notamment sur les commissions législatives pouvant voter des petites lois, les *leggine*.

En France, sous la IVe République, le règlement de l'Assemblée nationale interdisait au sein des assemblées la constitution de groupes de défense d'intérêts particuliers, locaux, ou professionnels, tandis que la Ve République rappelle que tout mandat impératif est nul. De Gaulle avait tiré prétexte de ce principe en 1963 pour refuser la convocation d'une session extraordinaire sur les problèmes agricoles, demandée par des députés largement sollicités par les organisations *ad hoc*. Malgré ces interdits, la réalité est autre.

Sous la IVe République, où le Parlement est la « clé de voûte » du système, les groupes d'intérêt centrent leurs interventions sur les parlementaires, suscitent des propositions de loi. Cette pratique a continué sous la Ve République, même s'il s'agira plutôt d'amender un projet de loi du gouvernement. Par ailleurs, sous les deux Républiques et outre les commissions officielles en charge de l'exercice d'un texte de loi, ont toujours existé des groupes d'études ou amicales réunis autour d'objet spécifique intéressant au premier chef les groupes d'intérêt : école, agriculture, santé, etc. Enfin, des parlementaires soit par leur origine socioprofessionnelle (médecin, haut fonctionnaire, instituteur) ou leur statut d'élu local (élu côtier pour les pêcheurs, etc.) seront plus facilement sensibilisés.

Il est clair cependant que la Ve République a déplacé du Parlement vers le gouvernement le centre des pressions. De ce point de vue, c'est devenu un lieu commun que de souligner la communauté de formation des élites politiques et surtout administratives et économiques, facilitant l'interconnaissance et la compréhension réciproque et, en tous les cas, le dialogue. L'idée est juste à quelques réserves près : d'une part, il ne faut pas négliger les conflits de rôle justement soulignés par Ezra Suleiman, en fonction de la position occupée de part et d'autre (même si elles sont en fait interchangeables du fait de la circulation partielle des élites). Ensuite, le pantouflage ne concerne qu'une *fraction* de la haute fonction publique qui se dirige généralement vers les *entreprises*, tandis que les groupes d'intérêt *stricto sensu* et à vocation « large » s'articulent principalement autour d'organisations *professionnelles*. Enfin, il convient à cet égard de rappeler qu'un certain nombre de ministères « verticaux » sont articulés directement à des groupes catégoriels. Ils sont aussi nécessairement en liaison constante avec eux pour connaître et apprécier leurs « exigences » quand ils ne sont pas directement les « représentants ». Un certain nombre d'administrations ou de ministères sont tout autant les interlocuteurs des groupes d'intérêt que leurs représentants presque constitués. Cette collaboration peut prendre la forme d'une association officielle au processus décisionnel.

3. *La participation au processus décisionnel*

Cette participation des groupes d'intérêt prend différentes formes, de la simple consultation à l'association à la décision, traduisant la volonté de limiter les relations conflictuelles entre les groupes et l'État.

• ***La consultation*** peut se traduire par une « concertation avec les partenaires » (selon la formule d'usage) ponctuelle ou permanente. Les syndicats ou organisations professionnelles liés à des secteurs d'activité sont ainsi régulièrement consultés par les pouvoirs publics pour des « tours d'horizon » ou sur des enjeux précis comme des projets de lois ou de décrets. Le simple fait de les recevoir constitue un signe de représentativité très recherché par les groupes qui peuvent tant vis-à-vis de leurs mandants que de l'opinion souligner la considération dont ils sont entourés.

Cette consultation peut être aussi institutionnalisée. Il existe ainsi auprès des Administrations une multitude de comités, commissions, conseils, au sein desquels les groupes sont représentés soit en vertu de textes particuliers, soit nommés par le gouvernement au titre des « personnalités qualifiées ».

La planification fournit en matière de consultation un cadre typique – et aux apparences pacifiques – qui a connu son essor dans les années 1960, s'articulant en une série de commissions spécialisées. Qu'il s'agisse de la « polysynodie administrative » en France, lointain héritage du « gouvernement par conseil » de la monarchie, ou du *government by committee* qui traduit une réalité comparable en Grande-Bretagne, cette extension de l'« administration consultative » est liée à l'interventionnisme étatique et concerne la plupart des démocraties occidentales à l'exception des États-Unis.

Les groupes peuvent aussi être associés en tant que tels à des assemblées délibérantes. Cette forme d'intégration n'a qu'un lointain rapport avec le corporatisme institué par les régimes autoritaires (de l'Italie fasciste au Portugal de Salazar en passant par l'Espagne franquiste ou le régime de Vichy), visant à se substituer à la démocratie par la représentation organisée des intérêts au sein de l'État dont ils sont en fait sous la tutelle. Organisations « reconnues » et souvent uniques par branches (ainsi de la naissance sous Vichy des « ordres professionnels »), cette institutionnalisation des groupes pouvait passer par leur représentation au sein d'une chambre corporative donnant ses avis ou rendant des « décisions ». Dans les régimes démocratiques, l'institution d'assemblées délibérantes – avec voix consultative – a plutôt été pensée comme un correctif au système représentatif. En France, le Conseil économique et social, qui rassemble les représentants des principaux groupes socioprofessionnels et des « personnalités », est obligatoirement consulté par le gouvernement sur tout plan ou projet de loi à caractère économique et social. Il connaît son équivalent dans les institutions mêmes de la Communauté européenne ainsi qu'en Italie. Au niveau régional, la France dispose des CODER (Comités de développement économique régional), créés en 1964 et remplacés en 1972 par les Comités économiques et sociaux régionaux.

Enfin, l'État peut confier directement la charge à un groupe d'intérêt de gérer directement mais sous son contrôle des prérogatives de service public (édiction des règles, contrôle). Les ordres professionnels en France en sont l'illustration la plus connue (avocats, médecins, architectes). Mais ce phénomène est aussi visible dans des secteurs où le paritarisme est de règle, l'État cogérant ou laissant gérer de fait des organismes par des syndicats (caisses de Sécurité sociale, UNEDIC, etc.). Plus largement, de nombreuses associations, en particulier dans le secteur sanitaire et social, assurent pour le compte de l'État des missions de service public. Enfin, contrairement aux pays anglo-saxons, les Chambres de commerce constituent en France des établissements publics ainsi qu'en Italie et en Allemagne.

4. La représentativité des groupes d'intérêt

En accordant le « label » de la représentativité, l'État s'assure des relations privilégiées assorties de subventions et de facilités. En conférant cette marque distinctive, l'État s'assure d'un potentiel régulier d'informations, d'un partenaire effectif dans les négociations (conventions collectives, etc.) censé contrôler sa base. Cette situation confortable pour l'Administration voire pour l'organisation élue peut conforter la bureaucratisation de cette dernière ou, à tout le moins, son enracinement. D'une certaine manière, il contribue aussi à encadrer la fonction tribunicienne que peuvent jouer certaines organisations.

Cette reconnaissance de la représentativité peut aller jusqu'au *monopole*. Le plus souvent, il s'agit pour l'organisation d'instaurer d'un *rapport de forces*. Il peut l'imposer en se retirant du jeu si un joueur plus petit est convié à la même table. Ainsi en France, la FNSEA dispose d'un monopole de fait (malgré l'existence d'autres organisations paysannes minoritaires), étayé par un immense réseau d'organismes de crédit, d'assurances, de mutuelles, qui aboutit à une véritable cogestion de la politique agricole entre cette organisation et l'État.

De grandes fédérations syndicales, en Allemagne (DGB), en Grande-Bretagne (les TUC), en Suède (LO), ont su asseoir et conquérir cette domination, malgré leurs dissensions et leurs concurrents, d'autant mieux que leur représentativité est incontestable (le taux de syndicalisation en Grande-Bretagne et en Allemagne avoisine les 40 % contre 90 % en Suède et à peine 20 % en France !).

Dans l'absolu, la puissance publique peut souhaiter la diversité des représentants afin de jouer des différences ou des conflits. Mais dans tous les cas, la sélection qu'elle opère lui garantit le respect d'un minimum de règles du jeu (notamment face aux mouvements improvisés et dissidents).

Dans l'évaluation concrète de la représentativité, la reconnaissance par l'État n'est qu'une des variables. De ce point de vue, il convient de distinguer les groupes à vocation large et à vocation spécialisée autour d'une cause. L'influence des premiers qu'ils ont su conquérir au sein de « leur » milieu socioprofessionnel (nombre d'affiliés, élections socioprofessionnelles) est facilement mesurable. Les seconds groupes à vocation « spécialisés » autour d'une cause se distingueront aussi par leur capacité de rassemblement (adhérents, mais aussi personnalités « représentatives » de tout milieu s'attachant à la cause), leur représentativité est à l'évidence plus floue. C'est plus par l'enjeu qu'ils représentent, leur style d'action, leur stratégie de démarcation par rapport à leurs concurrents et leur mode de communication qu'ils pourront ou non s'inscrire dans le paysage de la représentation (défense des droits de l'homme, associations luttant contre des maladies, etc.).

Enfin, la plupart des analyses centrent leur regard, dans leur définition même, sur l'intervention auprès de l'État, négligeant que ses composantes agissent comme des groupes d'intérêt. Administrations, corps de hauts fonctionnaires adoptent des logiques particularistes qui peuvent les amener à privilégier leur stratégie aux dépens de la puissance publique[1]. Les « grands corps » en France,

1. Dominique Chagnollaud, *Le Premier des ordres, les hauts fonctionnaires, XVIIIe-XXe siècle, op. cit.*

le Civil Service en Grande-Bretagne, les « fonctionnaires politiques » en Allemagne, voire la Dirigenza en Italie, savent défendre et accroître leurs positions. L'Administration française fourmille d'exemples de ces rivalités en corps pour les emplois de direction dans l'État, pour assurer leurs privilèges qui certifient leurs prétentions à se maintenir en position dominante. Le cercle vicieux de l'« expertise » ou du « professionnalisme » se boucle sur lui-même, puisque la définition et la mise en œuvre de ces préceptes sont assurés par les grands corps eux-mêmes, principalement par l'inspection générale des Finances, le Conseil d'État et la Cour des comptes, mais aussi les corps techniques (Ponts, Mines). « Un pour tous, tous pour un », pourrait être la devise de ces corps singuliers qui tirent leur légitimité de l'histoire et de la maîtrise inégale de leur recrutement. Agissant au nom de l'État, ils en sont d'une certaine manière les propriétaires ou les usufruitiers. Mais des groupes d'intérêts privés, par leur influence au sein de l'appareil d'État, peuvent de façon différente s'en sentir non propriétaires mais, dans la définition de politiques sectorielles, comme les légataires universels.

« Le facteur décisif [de la lutte pour le pouvoir] consiste plutôt dans la nature des moyens dont les hommes politiques disposent. De quelle manière les forces politiques dominantes s'y prennent-elles pour affirmer leur autorité ? »

MAX WEBER, *Le Savant et le politique*

TROISIÈME PARTIE

PRATIQUES DE LA POLITIQUE

1

Les ressources politiques

« Ressources », le terme est ambigu tant il donne l'impression que l'acteur politique disposerait d'un « arsenal », indépendamment des situations, des positions qu'il occupe. Le risque est aussi de se livrer à un inventaire presque indéfini sans en hiérarchiser les éléments. Ces « ressources » peuvent être matérielles ou immatérielles. Il existe ainsi des ressources politiques diffuses comme l'information dont la maîtrise, voire la manipulation, sont essentielles à la gestion d'une stratégie politique. Par ailleurs, on notera que l'utilisation de certaines ressources est, dans les démocraties pluralistes, exclue *a priori*, en particulier la violence physique. Pourtant, la politique, si on la voit comme une violence euphémisée, n'est pas exempte de chantages, de menaces, d'agressions verbales qui s'expriment de façon manifeste ou latente dans la compétition politique.

Enfin, il existe des ressources individuelles, d'autres collectives. Parmi les ressources individuelles, le charisme, la notoriété, l'image, le réseau relationnel, la compétence sont autant d'atouts inégalement distribués. Le plus souvent, les ressources collectives des acteurs politiques tiennent à l'organisation politique dont ils font partie et qu'ils représentent. L'identité partisane : l'« étiquette » politique, pour un candidat ou un élu, constitue un puissant atout (ou peut devenir un handicap à l'image de l'étiquette communiste dans certains pays de l'Est), d'autant mieux qu'elle est connue et reconnue en vertu d'une histoire et qu'elle correspond, peu ou prou, à un électorat. En outre, elle offre un potentiel d'adhésion et de soutien immédiat dans la campagne électorale. Cette identité reste enfin, en particulier pour un candidat sans forte notoriété, une première forme de reconnaissance dans le champ de la concurrence. A cet égard, le procédé de l'investiture évite en principe que se manifeste après coup une concurrence interne à la formation politique. L'identité partisane n'est qu'une facette de l'identité politique, qui souvent fera référence à la filiation avec un chef politique (« avec de Gaulle »).

Les partis ne disposent donc pas tous des mêmes ressources, en fonction de leur histoire, de leur puissance ou de leur genre. Ainsi, la capacité de mobilisation de sympathisants et la force militante (nombre d'adhérents) sont une ressource non négligeable, en particulier dans les campagnes électorales. Au-delà de la distinction très relative entre partis de masse et partis de cadres, les situations nationales sont, dans ce domaine, fort contrastées[1]. En Autriche, qui compte moins de 8 millions d'habitants, la population affiliée aux formations politiques est supérieure à 1,5 million de citoyens, contre 650 000 en Finlande avec 5 millions d'habitants et 400 000 en Norvège avec 4 millions d'habitants. Dans ces trois pays, la mobilisation enracinée grâce à des partis agraires ou chrétiens est égale à droite comme à gauche. Dans l'ex-Allemagne de l'Ouest, le parti socialiste comptait près de un million d'adhérents, la CDU près de 740 000. En Belgique, aux Pays-Bas ou en Italie, le militantisme reste vivace, tandis qu'il est atone aux États-Unis, au Japon, au Portugal et en Espagne, sans oublier la France…

1. Dominique Pelassy, *Qui gouverne en Europe ?*, *op. cit.*, p. 20.

Sans vouloir prétendre à l'exhaustivité, nous mettrons en exergue quelques-unes des ressources indispensables au combat politique, en particulier le financement des partis et les techniques modernes de communication politique.

A. Le nerf de la guerre : le financement

1. Un chapitre peu « transparent »

« Pour des raisons compréhensibles, écrit Max Weber, le financement des partis est le chapitre le moins transparent de l'histoire de ceux-ci, et pourtant c'est un des plus importants[1]. » On ne s'étonnera pas, dès lors, que le droit soit venu très tardivement encadrer ce financement longtemps occulte et qui le demeure pour une large part.

La logique voudrait que les partis puissent se financer sur la base des cotisations de leurs adhérents. Sans doute faut-il distinguer les « partis de masse » des « partis de cadres » et aussi les situations nationales. Ainsi le parti travailliste britannique recourt-il depuis l'origine à un soutien important de ses membres, particulièrement au travers des syndicats[2]. En 1908, un employé des chemins de fer assignait son syndicat en justice pour « détournement de fonds » et la Chambre des lords déclarait alors illégale la collecte de fonds à usage politique par les organisations syndicales. En 1913, la loi autorise à nouveau cette pratique sous deux conditions : que la majorité des syndiqués, au scrutin secret, votent la création d'un fonds politique (ce qui fut fait) et surtout que chaque syndiqué puisse refuser d'y contribuer. Ce système dit du *contracting out* est plus favorable puisque le syndiqué qui ne dit mot consent au pré-

1. Max Weber, *Économie et société*, *op. cit.*, p. 295.
2. Monica Charlot, *Le Pouvoir politique en Grande-Bretagne*, *op. cit.*, p. 152 et suiv.

lèvement sur sa cotisation d'une quote-part au profit du parti. En 1927, les conservateurs au pouvoir firent voter le système du *contracting in*, le syndiqué devant manifester son accord exprès pour le versement de la cotisation politique. Le nombre de cotisants passera alors de 3 millions à 2. En 1945, les travaillistes rétablissent l'ancien système *(contracting out)* et le nombre de cotisants passe de 2,5 à 4 millions.

Le parti travailliste britannique est notamment financé par le syndicat général des transports ou le syndicat général des employés municipaux. Plus largement, la contribution au parti travailliste par les syndicats représenterait plus de la moitié de son financement total (10 millions de livres en 1987). Le parti conservateur, au contraire, est largement financé par les milieux patronaux et les entreprises : le groupe de coördination des industriels (Arms of industry) a dépensé 100 000 livres en sa faveur en 1987.

Dans un pays comme la France, où les partis sont faibles, la contribution des adhérents ne représente en moyenne pas plus du cinquième des budgets rendus publics par les partis. A titre d'exemple, pour l'année 1990 les cotisations de ceux-ci auraient représenté selon les déclarations des partis, 1,88 % des recettes du CDS, 5,9 % du PR, 13,8 % du RPR, 15,9 % du PS, 20,9 % du PCF [1].

Faute de pouvoir se financer sur la base des cotisations, la question du financement occulte demeure. Elle renvoie d'abord aux fonctions mêmes de certains partis politiques en matière de médiation et de patronage. Que l'on songe simplement aux « machines » américaines du XIXe ou de la première partie du XXe siècle avec la figure significative du *boss* décrite par Weber [2] : « Qu'est-ce qu'un *boss* ? C'est un entrepreneur politique capitaliste,

1. Rapport de la Commission d'enquête sur le financement des partis politiques, Assemblée nationale, 1991, p. 56.

2. Max Weber, *Le Savant et la politique*, *op. cit.*, p. 166 et suiv.

pourvoyeur de voix électorales pour son profit et à ses risques et périls. [...] C'est lui qui procure en très grande partie les moyens financiers. Mais comment s'y prend-il pour les obtenir ? Partiellement par les cotisations des membres, mais avant tout par une taxe dont il frappe les traitements des fonctionnaires qui, grâce à lui et à son parti, ont trouvé une situation. De plus, il y a également les pots-de-vin et les pourboires. Celui qui a l'intention de violer impunément une des nombreuses lois des États doit auparavant obtenir la connivence des *bosses* et leur verser une certaine somme d'argent sous peine de se heurter aux pires inconvénients. Mais toutes ces diverses ressources ne suffisent point à constituer le capital nécessaire à l'entreprise politique du parti. Le *boss* est l'homme indispensable pour recueillir directement les fonds que les grands magnats de la finance versent à son organisation. Ceux-ci ne confieraient jamais une somme d'argent destinée à des fins électorales à un fonctionnaire rétribué du parti ni en général à aucune personne officiellement comptable du budget du parti ; mais le *boss*, à cause de sa prudence et de sa discrétion en matière d'argent, est évidemment l'homme des milieux capitalistes qui financent les élections [...]. La distribution des postes se fait surtout d'après les services rendus au parti. Mais il arrive fréquemment que l'attribution se fasse également contre versement d'une somme d'argent et il existe même des tarifs précis pour pouvoir obtenir tel ou tel poste défini [1]. »

Cet exemple du *boss* souligne que, entre le financement du parti et la corruption pure et simple de l'homme politique, la frontière est parfois mince. Même si l'on parlait aux États-Unis, à propos par exemple des machines municipales de « corruption honnête » *(sic)*, les scandales viennent rappeler la consubstantialité entre la politique et l'argent aux États-Unis pendant des décennies. Le fameux scandale de Yazoo en 1795 a révélé que la quasi-totalité des

1. *Ibid.*

membres de la législature de Géorgie ainsi que deux sénateurs et un membre de la Cour suprême avaient été achetés pour que l'État vende une large partie de l'Alabama et du Mississippi. La corruption est un phénomène courant et de notoriété publique au XIXe et au début du XXe siècle. Elle n'a pas cependant disparu comme le rappelle par exemple le scandale du Watergate révélant, en 1972, que les coopératives laitières ont aidé à hauteur de 2 millions de dollars la campagne du candidat Nixon, tandis que le prix du lait augmentait bientôt de quelques centimes.

Les partis modernes continuent à utiliser des modes de fonctionnement en marge de la légalité, ou totalement illégaux afin d'assurer leur financement. En France, un rapport de l'Assemblée nationale recensait par exemple certaines pratiques en marge de la légalité ou franchement illégales qui s'observent aussi hors de l'Hexagone. Ainsi, une série de « commodités » comme la mise à disposition de moyens en personnel ou en matériel étaient fréquentes avant la loi de 1990 : personnels prêtés ou rétribués par des entreprises privées, locaux prêtés par des sociétés ou des municipalités, transports, matériels, etc. Par ailleurs, les campagnes publicitaires des collectivités publiques, désormais strictement réglementées, sont aussi des moyens de promouvoir l'élu ou le candidat au renouvellement et indirectement le parti. Enfin, des crédits du Parlement européen pour assurer le fonctionnement des groupes parlementaires et leurs activités politiques et d'information ont pu servir en fait à financer l'activité du parti. Dans le même style, des mairies pouvaient subventionner des associations proches d'une organisation politique.

D'autres pratiques, officiellement disparues (?), relèvent sans aucun doute de la corruption pure et simple, notamment du trafic d'influence. L'expertise d'un bureau d'études proche d'un parti facilite l'attribution d'un marché. A ce rôle de conseil intéressé, la pratique des fausses factures renvoie à toute une série de techniques de facturation par substitution (l'entreprise paie une facture aux lieu et place du parti), la facturation de prestations inutiles ou exagérées (l'entreprise paie pour un service sans rapport de valeur), les factures fictives (le service rendu est inexistant). Les entreprises, par ces divers procédés, paient l'accès à des marchés publics ou des autorisations d'ouverture de grandes surfaces, etc.

Les rapports entre les partis politiques et les entreprises privées sont donc complexes. En France, depuis 1995, leur contribution – légale – est interdite, tandis qu'en Grande-Bretagne la publicité des dépenses faites par elles au profit des formations politiques a été indirectement imposée par une loi de 1967 sur les compagnies industrielles et commerciales. Aux États-Unis, une série de textes ont tenté d'encadrer ou d'interdire les contributions des banques et des entreprises dans les élections fédérales (1907), les compagnies de service public (1935), les syndicats (1935 et 1943) ou de rassembler dans une législation unique (1925) la question du financement privé des partis, en vain. Il faut attendre 1974 pour qu'une réglementation générale à propos du plafonnement des dépenses soit posée.

2. Croissance des dépenses et tentatives de plafonnement

La croissance des dépenses des partis politiques concerne d'abord les campagnes électorales. L'avènement de la communication politique et de ses techniques a entraîné une explosion de leurs coûts. Ce changement correspond, peu ou prou, à celui de l'avènement de la télévision comme média dc masse.

Aux États-Unis, en 1948, Truman réalise la dernière campagne sur un mode classique à une époque où il n'existe que 500 000 postes de télévision. En 1952, ils seront 18 millions. La progression des dépenses électorales est depuis lors constante aux États-Unis. Pour la simple période 1974-1984, les dépenses électorales législatives (qui ne sont pas plafonnées) ont été multipliées par cinq (le coût de la vie ayant doublé) : de 77 à 450 millions de dollars. La dimension publicitaire des campagnes électorales a considérablement alourdi les dépenses. **En Grande-Bretagne**, par exemple, les conservateurs ont initié en 1957-1959 ce mode coûteux continué par la suite (dépenses passant de 500 000 livres en 1957 à 9 millions de livres en 1987, dont 6,45 millions pour le seul poste publicité). Les conservateurs ont suivi le mouvement et leur campagne publicitaire aura dépassé les 2 millions de livres en 1987 (moins coûteuse que celle des travaillistes car faisant appel à des professionnels bénévoles).

En France, de même, le recours aux méthodes modernes de communication a accentué considérablement le coût des campagnes. Le marketing politique apparaît en France pour la première fois en 1965 et est utilisé alors par quelques candidats. En 1981, la plupart d'entre eux y font appel tant par l'entremise de conseils en communication que de professionnels de la publicité, d'autant mieux que lors de cette élection présidentielle l'appel à la visualisation du candidat (affiches, télévision) est massif. Chaque candidat du second tour aurait dépensé entre 150 et 200 millions de francs en 1981 contre 280 ou 300 millions en 1988[1].

Face à l'accroissement des dépenses, des efforts de plafonnement ont été tentés, avec des succès inégaux. **En France**, depuis la loi de 1990, le dispositif est le suivant : 130 millions de francs par candidat au premier tour d'une élection présidentielle, 160 millions de francs pour chacun des candidats présents au second tour ; 500 000 francs par candidat pour les législatives (ramenés à 400 000 francs dans les circonscriptions dont la population est inférieure à 80 000 habitants), 80 millions de francs pour une liste de candidats aux élections européennes. Enfin, un plafond est fixé pour les élections locales, variant en fonction du nombre d'habitants. Mais

1. Jean-Marie Cotteret, *Gouverner c'est paraître*, Paris, PUF, 1992, p. 85.

rien ne dit, malgré les contrôles, que ces plafonds aient été systématiquement respectés…

Des limites sont aussi fixées quant au recours à la publicité électorale. Ainsi, aucune campagne de promotion publicitaire ne peut être réalisée au cours des six mois précédant le scrutin par la collectivité concernée par les élections. Les émissions publicitaires de caractère politique sont interdites à la radio et à la télévision. Toute publicité commerciale par voie de presse ou par tout autre moyen de communication audiovisuelle est interdite pendant les trois mois précédant le premier jour du mois d'une élection et jusqu'à la date où celle-ci est acquise.

En Grande-Bretagne, les dépenses électorales des candidats sont strictement limitées, tandis que celles des partis ne le sont pas. Ainsi, en 1987, chaque candidat ne devait pas dépenser plus de 3 370 livres auxquelles il faut ajouter un maximum de 3,8 pence ou 2,9 pence par électeur inscrit (circonscription urbaine ou rurale) soit un total de 5 000 à 6 000 livres. Le candidat doit publier ses comptes de campagne dans les trente-cinq jours suivant le scrutin. En fait, ce plafond n'est jamais atteint par les candidats. Ce sont en effet les campagnes nationales des partis qui sont les plus coûteuses. Dans la mesure où elles ne visent pas à soutenir une candidature individuelle mais un parti, elles ne sont pas limitées. Rien n'empêche ainsi un parti d'engager une campagne dans une circonscription sans nommer « son » candidat… Cette distinction subtile renvoie à la nationalisation de la vie politique de la Grande-Bretagne, les électeurs votant d'abord pour un parti avant de voter pour un candidat.

Une autre manière de plafonner les dépenses est non seulement de fixer des seuils mais aussi de limiter les dons que peuvent recevoir les candidats. **Aux États-Unis**, la législation a ainsi été sensiblement renouvelée en 1974, à la suite du scandale du Watergate et des malversations attribuées à l'administration Nixon. La loi sur les campagnes électorales fédérales a en particulier modifié les conditions de financement des présidentielles. Elle fixe d'abord des plafonds aussi bien pour les primaires que pour l'élection générale. Le plafond vise tout autant les dépenses des candidats que les contributions qu'ils peuvent recevoir. Un citoyen peut contribuer par an pour l'ensemble des campagnes présidentielles et législatives jusqu'à un maximum de 25 000 dollars. (Il ne peut donner que 20 000 dollars à un comité national du parti et 5 000 dollars à un comité étatique ou local et 1 000 dollars au candidat – présidentiel ou législatif – pendant les primaires et 1 000 dollars durant la campagne générale.) Mais une décision de 1976 de la Cour suprême, en annulant partiellement la loi de 1974 sur la base du premier amendement, autorise les dépenses qui concourent au soutien d'un candidat sans être effectuées directement pour son compte ou pour son comité. Ainsi, en 1980, un homme d'affaires texan a investi 600 000 dollars en publicité politique payante pour soutenir Connaly et Reagan… Quant aux candidats eux-mêmes, ils peuvent dépenser sans compter leur argent personnel sauf s'ils ont accepté un financement public.

La loi de 1974 prévoit aussi une réglementation des donations collectives émanant de groupements d'intérêt, sociétés, etc. Ils ne peuvent verser les sommes qu'en constituant au préalable des *political action committees* (PAC), enregistrés auprès de la Commission des élections fédérales. Chacun ne peut donner (fin 1988) que 5 000 dollars par candidat et par élection (5 000 pour la primaire et 5 000 pour l'élection générale) et 15 000 dollars aux partis nationaux. Mais le nombre de PAC n'étant pas, lui, plafonné (pas plus que les dépenses des élections législatives), rien n'empêche de les voir se multiplier ainsi que les sommes versées : de 608 en 1974 (il n'y en avait que 113 l'année précédente), leur nombre est passé à 3 800 en 1984. Parmi ceux-ci, 1 500 représentant des groupes patronaux, 650 des associations de négociants, des coopératives agricoles et 400 des syndicats de salariés. Cette progression est aussi qualitative et concerne d'abord les PAC liés au monde des affaires et à des « PAC idéologiques », se réclamant d'une philosophie politique déterminée[1]. Leurs dépenses ont représenté 105 millions de dollars en 1983-1984, soit près du quart de la collecte totale des candidats aux législatives. Ils sont par ailleurs prudents, distribuant plus des deux tiers des sommes aux candidats sortants.

Les PAC sont de taille inégale. A côté d'un petit nombre de riches et d'actifs, les autres sont de taille modeste. En outre, chaque grand parti est lié à certains PAC, et réciproquement. Le parti républicain bénéficie par exemple des fameux « PAC pétroliers indépendants », voire des PAC idéologiques de la nouvelle droite américaine. Le parti démocrate a le soutien des PAC formés par les syndicats de salariés et tente depuis les années 1980, avec un succès inégal, de rallier les PAC du patronat. Mais il reste globalement très défavorisé dans la distribution. D'autres PAC enfin partagent leur manne entre les deux partis.

En Allemagne, les dons des particuliers ont été plafonnés en 1986 à 100 000 marks par personne physique ou morale. Il reste que ces dons aux partis politiques sont déductibles à hauteur de 5 % du revenu des personnes physiques et 2 % du chiffre d'affaires des entreprises.

3. *Le financement public des partis politiques et des campagnes électorales*[2]

Le droit est intervenu assez tardivement, on l'a noté, pour doter d'un cadre légal le financement des partis politiques. Il est d'usage de distinguer dans ce domaine le financement des partis proprement dits et celui des campagnes électorales. En pratique, il n'est pas rare que le second serve au premier.

1. Jean-Pierre Lassale, *Les Partis politiques aux États-Unis*, Paris, PUF, 1987, p. 101.

2. Cf. Jean-Pierre Camby, *Le Financement de la vie politique*, *op. cit.*

En France, le financement des partis politiques fait l'objet de dispositions spéciales dans les textes votés en 1990, soumis, en principe, au contrôle du Conseil constitutionnel. Le principe d'une aide financière de l'État étant admis, la haute juridiction en a précisé, dans une décision importante, la portée : « L'aide allouée doit, pour être conforme aux principes d'égalité et de liberté, obéir à des critères objectifs ; [...] en outre, le mécanisme d'aide retenu doit aboutir ni à établir un lien de dépendance d'un parti politique vis-à-vis de l'État, ni à compromettre l'expression démocratique des divers courants d'idées et d'opinion » (C. C. 11 janvier 1990). De même, si une fraction de l'aide publique est accordée, depuis 1990, au prorata des suffrages obtenus (des candidats présentés dans soixante-quinze circonscriptions aux dernières élections à l'Assemblée nationale), elle doit l'être sans limitation de seuil sauf « à entraver l'expression de nouveaux courants d'idées et d'opinions ». Depuis 1995, le législateur a veillé à ce que les candidatures ainsi présentées n'aient pour simple objet que de participer à la répartition financière. L'autre fraction de l'aide publique est attribuée aux partis représentés au Parlement, proportionnellement au nombre de députés et de sénateurs inscrits.

En Italie, depuis 1974, l'État verse aux partis politiques représentés dans les assemblées parlementaires une subvention : 23 % aux partis « éligibles » aux campagnes électorales (qui présentent des candidats dans plus des deux tiers des circonscriptions, un total d'au moins 300 000 voix ou non inférieur à 2 % des suffrages exprimés nationalement), 2 % sont attribués également à tous les partis, les 75 % restants sont distribués entre les groupes parlementaires au prorata des sièges.

Faut-il faire financer les partis politiques par l'État ? Le débat s'est conclu en 1975 par la négative **en Grande-Bretagne**. Les conservateurs y sont hostiles sous le motif que ce financement risquerait d'accroître la distance des citoyens à l'endroit de la classe politique, alors que les travaillistes y sont favorables ainsi que le parti libéral au motif contraire. Néanmoins, une loi du 20 mars 1975 crée un financement des groupes parlementaires de l'opposition (les subventions de l'État sont calculées au prorata du nombre de sièges et de voix, lors des dernières élections). Le parti travailliste aura reçu par exemple, en 1988, 800 000 livres, le parti libéral 187 000 livres (soit environ un quart de son budget total).

En Allemagne, une décision de la Cour constitutionnelle de 1992 autorise le financement public de l'activité des partis (après l'avoir interdit en 1961). Longtemps les partis ont pratiqué ce que l'on pourrait appeler l'autosubvention, se votant des dotations pour la promotion ou la formation. Une loi de 1994 prévoit un financement public dégressif en fonction du nombre de voix obtenu aux élections parlementaires. Le montant des fonds publics ne doit pas dépasser celui des ressources propres des partis, constituées pour l'essentiel de dons individuels et de cotisations, déductibles de l'impôt, jusqu'à concurrence de 6 000 marks. S'y ajoutent les frais de fonctionnement au profit des partis représentés au Parlement. Dans sa décision de 1992, la Cour constitutionnelle a jugé que les dons des entreprises ne pouvaient pas être déductibles de l'impôt et fixé un plafond absolu à l'aide publique (230 millions de marks dont 190 à la charge de l'État fédéral et 40 à celle des Länder).

Aux États-Unis, les campagnes présidentielles sont régies par un financement public, par l'intermédiaire d'un fonds fédéral (alimenté par les contribuables) qui concerne les élections présidentielles. Cette aide n'est pas obligatoire, les candidats qui la refusent se libérant ainsi des « plafonds » imposés par la loi. A l'élection générale, ayant accepté des fonds publics, les candidats ne peuvent, au cours de la primaire, solliciter ou recevoir des fonds privés. Cette aide n'cst pas non plus automatique. Pour les primaires, elle est la contrepartie de l'aide privée. Pour l'obtenir, le candidat aura dû recueillir 100 000 dollars, dans au moins vingt États, en petites contributions de

250 dollars et bénéficier de 10 % des voix dans deux primaires consécutives. Pour chaque contribution directe, le candidat reçoit l'équivalent de l'aide publique.

Les conventions des partis démocrate et républicain sont financées à égalité. Pour l'élection générale, les candidats investis par l'un des deux partis reçoivent une somme représentant, en principe, la seule source de financement électoral (55,2 millions en 1992). En fait, la Cour suprême a admis que des donations « indépendantes » pouvaient soutenir indirectement la campagne du candidat (le candidat Reagan recevra plus de 12 millions contre 4 à son concurrent en 1984). Quant aux candidats des tiers partis, ils bénéficieront d'une subvention rétroactive, correspondant au prorata de leur résultat, s'ils obtiennent au moins 5 % des suffrages.

Il faut aussi rappeler qu'en 1978 le Congrès a accordé aux comités d'État parlementaires et aux comités nationaux un tarif préférentiel pour le courrier, disposition d'importance quand on sait le rôle que jouent les publipostages dans les campagnes ou simplement la quête de nouveaux adhérents.

Quant à **la France**, la loi de 1990, modifiée en 1995, institue un financement public forfaitaire des frais engagés par les candidats (présidentielles et législatives). Les candidats doivent établir un compte de campagne et récolter les fonds, à l'image de la Grande-Bretagne, par le biais d'un mandataire (« association de financement électorale » ou « mandataire financier »).

B. Communication politique et usage des médias

1. Communication et marketing politique

La médiatisation de la vie publique et la professionnalisation de l'activité politique ont conduit à légitimer l'activité de spécialistes et de structures jouant un rôle de conseil en communication politique[1]. On assimile parfois celle-ci au « marketing politique » dès lors que celui-ci se calque dans ses approches et ses méthodes sur le marketing commercial. En fait, la communication politique est un ensemble flou qui, du marketing politique en passant par la publicité politique et les relations publiques, transpose directement ou indirectement des théories et des méthodes de gestion du privé à la politique. La discussion dès lors se place sur la prise en compte ou non de la spécificité du « marché politique ».

Peu assuré sur le plan théorique, le marketing politique vaut plus par ses techniques que par la réflexion ou l'idéologie qu'il véhicule. Mettant en place une série d'outils pour persuader et séduire l'électeur, la logique du marketing est celle d'une société segmentée dont il est possible de connaître les demandes auxquelles on ajuste l'offre. Il s'agit donc de « vendre » le « produit » en persuadant la cible qu'il est le meilleur. Le marketing politique vise ainsi à mieux identifier la situation politique et l'état des forces, à définir une stratégie de campagne et à organiser sa gestion opérationnelle. Ses techniques intègrent la connaissance de la sociologie électorale, des sondages d'opinion (ou des enquêtes qualitatives). A cette dimension de connaissance statistique s'intègrent toute une série de procédés qui rationalisent souvent des techniques anciennes à l'œuvre dans les campagnes électorales traditionnelles. Il reste que si les effets du marketing politique ne sont pas littéralement mesurables sur le comportement électoral, ils jouent un rôle essentiel du point de vue logistique en confortant l'« entreprise politique » dans sa logique de professionnalisation et d'efficacité.

Quant à **la publicité politique**, elle a pour fonction de séduire le citoyen en lui livrant moins des informations

1. Jacques Gerstilé, *La Communication politique*, *op. cit.*

qu'en tentant de l'impressionner, au sens photographique du terme. Elle manie les symboles plus que les arguments et fait appel à l'émotion mais aussi au psychisme de l'individu (ses désirs, ses rêves, ses craintes, ses fantaisies, bref son inconscient).

2. *Des techniques variées*

Les techniques, pour une large part empruntées à la publicité, sont variées, des gadgets distribués au marketing téléphonique relayés aussi par les numéros verts, en passant par le publipostage ou l'achat d'espace publicitaire. Il faut aussi signaler **l'affiche politique** qui demeure le média le plus traditionnel. A l'affiche explicative, montrant par exemple le candidat, son programme, le nom de son parti, s'est substituée à partir des années 1950-1960 une affiche occultant tout message idéologique ou programmatique. En France, une affiche montrant Valéry Giscard d'Estaing en 1974 en compagnie de sa fille joua, avec succès, sur le registre de l'émotion des valeurs familiales et filiales non dénuées d'esthétique. L'affiche doit souligner ou créer une impression de dynamisme, de mouvement et de décontraction savamment maîtrisée. L'image du candidat reste valorisée, mais entourée de symboles. En 1981, c'est sur le fond d'un village de France qu'apparaît l'image du candidat Mitterrand, assortie d'un slogan : « La force tranquille. » La force du verbe, l'esthétique de la formule sont là en contrepoint pour souligner l'enracinement, la quiétude, la tradition, valeurs sûres présidant à la terre de France.

Parmi les autres procédés dérivés de la publicité, **le spot** reste celui qui aura sans doute le plus marqué l'évolution du genre et dont les États-Unis ont donné le ton. Utilisé pour la première fois aux élections présidentielles de 1952, il est devenu d'usage courant, d'autant mieux que la télévision est apparue comme le support le plus massif et censé être le plus persuasif. Il est aussi le plus coûteux.

Bates et Diamond[1] distinguent plusieurs formes successives de spots, étapes d'une même stratégie. Les spots d'identification sont destinés à faire connaître le candidat et à asseoir sa notoriété en se référant à sa vie passée, ses qualités humaines, familiales, militaires, etc. Les spots « témoignages » soulignent l'appui que lui apportent de nombreux secteurs de la population et surtout des leaders d'opinion (personnalités du monde politique, culturel, du showbiz). En contrepoint, les spots programmatiques énoncent des prises de position sur les enjeux de l'élection. Puis, les spots « négatifs » visent à discréditer l'identité de l'adversaire et ses propositions. Ce genre s'est développé sur différents registres (allusion, attaque indirecte, humour). Enfin, les spots « d'apaisement » visent à revenir à une vision fusionnelle en fin de campagne, gommant toute référence aux enjeux mais s'attachant à faire du candidat, sur fond musical, l'homme de la situation, en paix avec lui-même et dans lequel devraient se reconnaître, dans une joie sereine, la majorité des votants…

A côté des films publicitaires que sont les spots, **les clips**, d'usage courant aux États-Unis, sont apparus en France en 1988 date à laquelle ils sont utilisés dans les meetings, réunions ou émissions de la campagne officielle. Inspirés largement des clips musicaux par la place centrale qu'ils laissent justement à la musique, ils se présentent tantôt comme des successions d'images fixes tantôt comme des plans d'images animées. Le clip utilisé par François Mitterrand en 1988 est resté célèbre qui consistait en une succession de cinq cents plans d'images en quatre-vingts secondes, inscrivant le candidat dans l'histoire de France au travers de la représentation de ses héros ou de ses hommes d'État, de lieux de mémoire, de faits et de symboles. Dépositaire de l'héritage républicain, il est le mieux à même pour assurer sa pérennité… A la différence du

1. A. Bates et E. Diamond, *The Spot, the Rise on Political Advertising on Television*, Cambridge, MIT, 1984.

clip, le spot fait moins appel à la sélection publicitaire *stricto sensu* qu'à la volonté de bouleverser le spectateur.

Pour déployer sa stratégie de campagne, le candidat devra aussi utiliser une série de médias écrits. Le « logo » constitue « le premier degré de la communication publicitaire[1] ». A la fois symbole et signature de l'entrepreneur politique, il sera décliné sur tous les supports écrits ou visuels de la campagne. Ainsi, au nom du candidat ou du parti, se joint le logo pour forger l'identité (le pommier de Jacques Chirac en 1995).

Les médias écrits qu'utilise l'acteur politique, en particulier pour les campagnes électorales, sont nombreux. Il pourra s'agir de tracts diffusés par des militants ou par voie postale, de journaux électoraux, de la profession de foi adressée à tous les électeurs avant le scrutin. Le livre est apparu de plus en plus comme un moyen de communication. Que l'on songe au *Programme commun de gouvernement* de 1972, émanant des partis socialiste, communiste et radical de gauche en France, ou, en 1995, aux *Réflexions* de Jacques Chirac. Ces ouvrages, s'ils sont largement diffusés, s'adressent d'abord principalement aux militants, leaders d'opinion et, de façon générale, à un public disposant d'un niveau socioculturel et d'un intérêt pour la politique élevés. Ils participent surtout de l'image du candidat. Désormais, toute personnalité politique d'envergure nationale est tenue à cet exercice obligé qui crée l'événement et conforte sa notoriété.

Si les médias écrits jouent, le plus souvent, sur le registre du message argumenté et raisonné, d'autres s'attachent directement à l'émotionnel. Les réunions publiques, meetings, fêtes, grands-messes, où politique et musique se mêlent, ont pour objet de maintenir un degré élevé de mobilisation des sympathisants et militants. Ces procédés anciens sont aussi, particulièrement pour la télé-

1. Serge Albouy, *Marketing et communication politique*, *op. cit.*, p. 169.

vision, des démonstrations de force, compte tenu du nombre de participants qu'elles rassemblent. Dans une campagne électorale, il existe souvent un *crescendo* dans leur organisation visant à faire de l'ultime réunion une démonstration de masse, quelques jours avant l'élection.

A côté de ces réunions publiques, il est d'autres réunions moins tapageuses, mais tout aussi efficaces. Il s'agira d'abord de réunir des catégories identifiées (agriculteurs, intellectuels, chefs d'entreprise, etc.) afin de leur délivrer un message « ciblé » et de montrer les soutiens dont le candidat ou le parti bénéficie dans ces milieux. Ensuite, il faudra pour le candidat réunir ses militants, visiter les marchés et les appartements (porte-à-porte), prendre des « bains de foule ». **Le contact direct et physique de l'homme politique avec les citoyens est essentiel dans des sociétés massifiées, où le lien social tend à se dissoudre.** Ce rapport direct et rapide, ce « travail de terrain » est indispensable. Les médias audiovisuels l'ont eux-mêmes compris en généralisant des émissions « interactives » où le spectateur devient, l'espace d'une question posée à l'homme politique, un interlocuteur fugitif.

Le mythe de la toute-puissance de la télévision a donné au marketing politique sa légitimité et conforté son influence. La télévision a ainsi imposé à l'homme politique l'assistance de professionnels de la presse et de la communication qui jouent un rôle non négligeable dans plusieurs domaines. Il s'agira en particulier de fixer un « plan média » pour utiliser au mieux les différents types de supports en fonction d'objectifs et de « gérer » les interventions de l'homme politique sur la durée.

Nonobstant la question de la gestion du coût dès lors qu'il s'agit de prévoir au mieux des achats d'espace publicitaire, la planification du temps est essentielle dans une stratégie de campagne. Les « sortants » ont plutôt intérêt à entrer dans la campagne le plus tard possible, à la fois parce qu'ils auront à défendre leur bilan, s'exposant à l'attaque conjuguée de tous les autres prétendants, et qu'ils tiennent ainsi en haleine les médias (stratégie de François Mitterrand en 1988). Quant à l'« orchestration » de la campagne médiatique, de ses thèmes et de son intensité, il n'existe aucune recette. En tout cas, il faut éviter la saturation et s'attacher au moment clé de la campagne, à savoir le début et la fin qui voit les « indécis » opérer leur choix[1].

L'approche de la spécificité des médias et des heures d'écoute pour la radio et la télévision est essentielle. Pour la télévision, on sait qu'en France, par exemple, à vingt heures, le degré de concentration des téléspectateurs est faible et qu'il faudra aller à l'essentiel. C'est par la télévision, en particulier à l'occasion des campagnes électorales, que les citoyens se font une idée des enjeux, des thèmes du moment. Les politiques ont donc besoin d'elle pour faire passer leur message et les citoyens pour repérer les sujets à l'ordre du jour.

Il reste que l'ensemble de ces techniques modernes n'ont pas rendu obsolètes les modes d'action traditionnels de la politique : le travail de terrain et le contact direct du candidat avec l'électeur.

1. *Ibid.*, p. 152.

2

Stratégies et alliances

Les acteurs de la politique, et singulièrement les partis, pour conquérir le pouvoir, nouent des alliances, définissent des stratégies ; on envisagera ici seulement celles que l'on a tenté de rationaliser du point de vue des organisations[1]. La notion de « système de partis » éclaire bien ce jeu et renvoie au degré de fragmentation de la représentation de l'opinion par les partis, leur degré d'aptitude à s'allier, se coaliser ou s'opposer. Leur capacité structurante de la vie politique peut aller jusqu'à les identifier aux régimes politiques, ou, à tout le moins, permettre de mieux les caractériser que les simples règles constitutionnelles. Ainsi, le système de partis américain fait partie intégrante du régime politique et explique aussi la souplesse de fonctionnement des mécanismes constitutionnels.

Il est d'usage de distinguer bipartisme et multipartisme. **Le bipartisme** peut être « rigide » ou « souple », renvoyant ainsi au degré de discipline existant à l'intérieur de chaque parti (les partis britanniques opposés aux partis américains). Il peut être « parfait », les deux partis totalisant l'écrasante majorité des suffrages, laissant hors jeu les petits partis, ou « imparfait », le parti victorieux devant

1. La politique ressortit aussi à d'autres registres ! (« En politique, la communauté des haines fait presque toujours le fonds des amitiés », Alexis de Tocqueville, *Souvenirs*, *op. cit.*)

faire appel à un tiers parti. **Le multipartisme** est un système de partis fragmenté en plusieurs partis. Le multipartisme pourra être « intégral », aucun parti ne pouvant prétendre pouvoir l'emporter sur les autres et devant nécessairement conclure des alliances avec un ou *x* partis. Il peut exister aussi un multipartisme avec un parti « dominant », recueillant une fraction importante des suffrages (30 %) lui permettant d'être un point de passage obligé d'alliance pour les autres formations qu'il distance significativement. Enfin, il convient de distinguer le parti « dominant » du parti à vocation majoritaire, capable de recueillir la majorité absolue des sièges à l'Assemblée.

On peut adopter, avec Jean-Louis Quermonne, une classification du système de partis[1] :

• **Les systèmes de partis fondés sur l'existence de partis à vocation majoritaire renvoient à deux cas de figure**. Le premier est la compétition de deux partis à vocation majoritaire, l'un ayant recueilli la majorité des sièges étant en situation de gouverner, l'autre siégeant dans l'opposition dans l'attente de l'alternance. C'est le cas britannique qui, grâce au bipartisme, garantit la stabilité politique et fait surtout que le peuple délègue sa souveraineté au parti majoritaire et à son chef pour l'exécution de son programme électoral, tandis que le mécanisme de mise en jeu de la responsabilité du gouvernement devant le Parlement ne joue plus du fait de la discipline partisane. Autrement dit, écrit Georges Vedel, « le régime politique britannique se ramène au gouvernement d'un parti sous le contrôle de l'autre et sous l'arbitrage périodique du corps électoral ».

• **Le second cas de figure est le cas d'un multipartisme combiné avec la présence d'un parti majoritaire**. Ce cas correspond aux régimes scandinaves où la stabilité politique fut assurée par l'hégémonie du parti social-

1. Jean-Louis Quermonne, *Les Régimes politiques occidentaux*, *op. cit.*, p. 225 et suiv.

démocrate, en particulier en Suède où il a recueilli fréquemment la majorité absolue des sièges au Parlement. Il reste cependant exceptionnel, à l'image de la démocratie chrétienne en Italie de 1948 à 1953, avec 53,3 % des sièges et 48,56 % des voix du parti socialiste autrichien majoritaire en sièges en 1971, 1975 et 1979, de l'UDR en France en 1968 qui, avec 37,7 % des votants, obtient 60,2 % des sièges ou du parti socialiste en 1981, majoritaire en sièges malgré 37,5 % des voix ; de l'Espagne en 1982 où le parti socialiste, avec 48,4 % des suffrages, obtient de même la majorité absolue des sièges, etc.

• **Les systèmes caractérisés par la présence d'un parti dominant** renvoient, de même, à deux cas de figure. Le premier est illustré par la France de la Ve République où le parti gaulliste est, de 1962 à 1974, dominant, ou du parti socialiste, de 1981 à 1986. Cette domination d'un parti s'exerce dans un système bipolaire, c'est-à-dire articulé progressivement autour de deux pôles distincts. L'autre cas est celui de la domination d'un parti sans bipolarisation. C'est celui de l'Italie où, jusqu'en 1993, l'hégémonie de la démocratie chrétienne fait d'elle le premier parti, distançant de 1948 à 1968, le parti communiste de près de vingt points. Cet écart s'est réduit par la suite sans que s'installe une bipolarisation réelle du système plaçant à gauche le parti communiste en position d'être une solution *alternative*.

• **Les systèmes résultant de la coalition de partis minoritaires** : c'est notamment le cas de la France de la IVe République, dominée par la question de la constitution d'une coalition susceptible de former une majorité. Celle-ci est, de 1945 à 1947, tripartite, regroupant trois formations de force presque équivalente (PC, PS, MRP) et rassemblant plus de 70 % des suffrages. Puis, jusqu'en 1956, la « conjonction des centres » s'opère sous la forme d'une troisième force regroupant des partis de dimension moyenne (SFIO, MRP, PR, modérés), coincée entre les formations gaulliste (RPF) et communiste.

1. Stratégies et contraintes institutionnelles

L'analyse stratégique s'attache à percevoir l'interaction engagée entre les acteurs politiques les contraintes institutionnelles, codifiées par des règles (dispositions constitutionnelles ou électorales). Jean-Luc Parodi cherche par exemple à montrer que l'espace politique français, « espace d'action stratégique pour les organisations partisanes », est « forgé par les contraintes institutionnelles », qu'il s'agisse du scrutin majoritaire législatif et présidentiel ou du droit de dissolution du président de la République[1]. Ce type d'analyse met donc en lumière les effets propres des dispositions codifiées. Ainsi de l'élection présidentielle en France qui conduit chaque parti à se structurer en vue de cette échéance et être à même de désigner en son sein un « présidentiable ». La « présidentialisation des partis » en France, soulignée par Hugues Portelli, n'est donc pas étrangère à cette forme de codification du système politique.

Dans un autre style, **les dispositions constitutionnelles** ont des effets propres sur les alliances et permettent au gouvernement de faire adopter une loi sans vote sous réserve que l'opposition ne la censure pas (article 49.3 en France). De même, la motion de censure « constructive » en Allemagne institue non seulement la majorité absolue pour l'élection du chancelier mais l'obligation d'élire un nouveau chancelier pour renverser le précédent. Ces règles ont pour effet de dissuader des alliances strictement négatives contre le pouvoir en place et qui sont incapables de proposer une véritable alternative. A l'inverse, le vote à bulletin secret pour l'adoption des lois en Italie a contribué à l'instabilité politique en favorisant la rupture de la discipline majoritaire de la part de certains députés.

1. Jean-Luc Parodi, « Le nouvel espace politique français » in *Mélanges en l'honneur de Georges Lavau*, Yves Mény (dir.), *op. cit.*

2. *L'influence des modes de scrutin*

La mise en lumière des contraintes institutionnelles concerne tout autant les modes de scrutin qui ne peuvent en être dissociés dans leurs effets. Ils influent, on l'a noté, sur la représentation des forces politiques. **Mais ils contribuent aussi à modeler les alliances, les rapports entre les acteurs et sont donc autant de « contraintes stratégiques ».** On l'aperçoit d'abord en relevant que le choix d'un mode de scrutin peut résulter souvent d'un accord des formations dominantes qui en sont les bénéficiaires. Ainsi, en Grande-Bretagne, conservateurs et travaillistes sont favorables au maintien du scrutin uninominal à un tour tandis que le parti libéral plaide, en vain, pour la proportionnelle qui lui permettrait d'exister à nouveau.

Le choix d'un mode de scrutin peut résulter d'un compromis entre des forces politiques dont le rapport est équilibré : au lendemain de la Première Guerre mondiale, du choix de la représentation proportionnelle dans plusieurs pays d'Europe continentale où les conservateurs et libéraux, inquiets de leur avenir électoral au moment de l'universalisation du suffrage, adoptent avec les socialistes (hostiles au scrutin majoritaire) la proportionnelle.

Enfin le mode de scrutin est aussi une arme dans la main des gouvernants pour asseoir leur pouvoir devant le risque d'une défaite. La France semble particulièrement « accueillante » à ce type de manipulations, contrairement à la plupart des démocraties occidentales[1]. En 1889, par exemple, les républicains rétablissent le scrutin d'arrondissement face à la montée du boulangisme qui, grâce à l'enracinement des notables locaux, brise la vague adverse. En 1951, l'institution par la majorité d'alors

1. Dominique Chagnollaud, « Les présidents de la Ve République et le mode d'élection des députés à l'Assemblée nationale », *Pouvoirs*, n° 85, 1984.

(MRP, radicaux, SFIO, indépendants) du système des apparentements l'autorise à se maintenir, en donnant une forte prime à ceux qui s'« apparentent » face aux « périls » gaulliste et communiste. En 1986, la défaite prévisible du parti socialiste conduit le gouvernement à supprimer le scrutin d'arrondissement (qui aurait amplifié la victoire de la droite) au profit de la représentation proportionnelle. Outre qu'elle limite la victoire de la droite modérée, elle permet au Front national de disposer d'une représentation parlementaire et, dans le cas d'une courte avance sur la gauche, de lui poser le délicat problème de l'alliance avec l'extrême droite.

En 1951, Maurice Duverger, dans son ouvrage *Les Partis politiques*, dégageait trois « lois » : « La représentation proportionnelle tend à un système de partis multiples, rigides, indépendants et stables ; le scrutin majoritaire à deux tours tend à un système de partis multiples, souples, dépendants et relativement stables ; le scrutin majoritaire à un tour tend à un système dualiste, avec alternance de grands partis indépendants[1]. » Douglas Rae[2], dans une étude systématique des élections législatives dans une vingtaine de pays (de 1945 à 1964), nuance ces affirmations. Sur 107 scrutins, 96 sont conformes au « modèle » Duverger : 23 élections sur 27 au scrutin majoritaire sont liées au bipartisme, 73 élections sur 80 le sont au multipartisme. Les exceptions relevées concernent principalement deux pays : 4 scrutins proportionnels associés au bipartisme en Autriche, 7 scrutins majoritaires associés au bipartisme au Canada.

Douglas Rae montre surtout la nécessité, pour mesurer les effets des modes de scrutin, de prendre en compte l'ensemble du dispositif électoral qu'ils

1. Maurice Duverger, *Les Partis politiques*, Paris, Armand Colin, 1951 ;

2. Douglas Rae, *The Political Consequences of Electoral Laws*, New Haven, Yale University Press, 1967.

induisent : seuils, répartition des restes, découpage des circonscriptions.

Par la suite, Duverger a nuancé ses propos quant à l'effet quasi mécanique des modes de scrutin : « En fait l'action des systèmes électoraux pourrait être comparée à celle d'un frein ou d'un accélérateur : tel régime électoral facilite la multiplication des partis, engendrée par l'action d'autres facteurs, tel autre régime lui fait obstacle, etc. Mais les modes de scrutin ne jouent pas un rôle proprement moteur : ce sont les réalités nationales, les idéologies, et surtout les structures socio-économiques qui ont en général l'action la plus décisive à cet égard. »

Plusieurs remarques sur les effets des modes de scrutin permettent ainsi de percevoir le poids de l'histoire des réalités sociales. Le scrutin uninominal à un tour invite certes les électeurs à voter utile et tend à décourager les partis « tiers », à l'image du parti libéral présentant au fur et à mesure de son déclin de moins en moins de candidats. Le dynamisme binaire modèle aussi toute la campagne et valorise les deux formations les plus puissantes. Est-ce à dire que ce mode de scrutin possède une telle logique qu'il « contraint » au bipartisme ? L'Inde montre le contraire ou plutôt souligne qu'un mode de scrutin est impuissant à surmonter les tensions de la société. Avec un scrutin uninominal à un tour, ce pays connaît un parti dominant, le parti du Congrès, et une kyrielle de partis d'opposition qui expriment ce morcellement social. Dès lors qu'ils sont au pouvoir, l'instabilité politique règne… Par ailleurs, des systèmes proportionnels à faible magnitude permettent le développement d'un système bipartite à l'image de l'Espagne.

L'influence de la représentation proportionnelle quant au multipartisme qu'elle génèrerait n'est pas non plus mécanique. L'Autriche connaît ainsi depuis 1919 deux grands partis, le parti socialiste et le parti populaire et un petit parti libéral, malgré la proportionnelle ; de même en Allemagne où le système « mixte » est à dominante proportionnelle. L'idée du multipartisme provoqué par le système proportionnel tient en fait à deux exemples : l'Allemagne de Weimar et l'Italie jusqu'en 1993. Dans le premier cas, on l'accuse d'avoir favorisé l'avènement d'Hitler au pouvoir en fractionnant et en déstabilisant le système politique. En fait, les conditions socio-économiques, la division entre sociaux-démocrates et communistes, mais aussi des droites allemandes, sont plus à la source de cette instabilité d'un régime démocratique qui ne trouvera pas assez de défenseurs pour s'opposer à la montée du nazisme. Dans le second cas, l'Italie, la proportionnelle n'a pas empêché (ou favorisé ?) l'installation durable d'une démocratie chrétienne puissante dominant la vie politique, d'une gauche longtemps menée par les communistes, d'un courant démocratique et laïc divisé et d'un parti néo-fasciste ne dépassant pas longtemps 10 % des suffrages.

Certes, la représentation proportionnelle préserve le multipartisme existant comme en Belgique, lors de son adoption à la fin du XIXe siècle, mais aussi peut favoriser le fractionnement des partis existants, à l'image de la Suisse voyant, en 1919, le parti radical se couper en deux ou plus tard de la Norvège, libéraux et modérés se séparer. Mais, même dans le cas d'une proportionnelle intégrale comme en Israël, où dix partis se partagent par exemple les suffrages en 1977, quatre d'entre eux rassemblent près de 78 % des voix et en 1981 les deux grands partis obtiennent 95 des 120 sièges.

Il n'en demeure pas moins que les modes de scrutin contribuent à influencer la fabrication des alliances. Dans le cadre du scrutin uninominal à deux tours, la stratégie des partis reste fort dépendante du système électoral, puisque son nombre de sièges est fonction tout autant du nombre de voix recueillies que de ses alliances dès le premier tour : ainsi des radicaux sous la IIIe République conduits à passer des alliances, en scrutin uninominal à deux tours, avec les socialistes, voire les communistes, pour exister. Mais cette contrainte ne débouche pas toujours sur des alliances gouvernementales durables dès lors que, dans le cas présent, elles se rompent quelque temps après la victoire (1926, 1934, 1938).

Les partis qui n'ont donc pas d'alliés ne peuvent bénéficier ni d'un accord de candidature unique, ni surtout de désistement automatique au second tour, sont voués à l'échec. Ainsi du parti communiste français en 1958, refusant de s'allier avec la SFIO, ou de l'isolement constant du Front national, faute d'alliés, ou encore des écologistes. Dès lors que le parti communiste décide de pratiquer l'alliance électorale depuis 1962, il arrive à limiter sa sous-représentation, en particulier dans la période récente où, avec un nombre de voix inférieur au Front national, il obtient, contrairement à ce dernier, une représentation parlementaire. Mais encore faut-il, on l'a noté plus haut, qu'il bénéficie de zones de forces et d'une concentration géographique de ses suffrages afin d'arriver en tête des candidats de gauche au premier tour, et de la représenter tout entière au second.

Plus largement, le scrutin majoritaire à deux tours appliqué aussi à l'élection du président de la République au suffrage universel a joué un rôle important dans la bipolarisation du système de partis français, couplée à l'usage répété du référendum, impliquant, de même, une logique binaire.

La représentation proportionnelle, quant à elle, accentue la portée des mouvements d'opinion à l'image du Mouvement républicain populaire naissant en France à la Libération ou du parti communiste sous la République de Weimar ou du Front national lors des européennes de 1984 sous la Ve République. Le rôle des partis charnières est aussi favorisé par la représentation proportionnelle. L'exemple le plus frappant est celui du parti libéral allemand (FDP) qui, selon l'alliance qu'il sélectionne, peut faire basculer la majorité gouvernementale. Encore faut-il que ce choix soit conforme aux vœux de son électorat.

3. Alliances et proximité idéologique

Il reste que les dispositions institutionnelles ne rendent pas compte à elles seules des « contraintes stratégiques », des jeux d'alliances. Il faut faire appel à d'autres explications complémentaires ou concurrentes jamais d'ailleurs toujours satisfaisantes à l'image de la théorie des coalitions ».

Fondée sur le postulat que les conduites des acteurs politiques sont fondées sur un simple calcul coût-avantages, cette théorie de William Riker[1] pose comme principe que tout membre non nécessaire pour atteindre la majorité absolue des coalitions victorieuses est exclu. Et, à l'inverse, que le retrait d'un membre provoque la perte de pouvoir de la coalition. Ce modèle ne rend pas compte des formes effectives des alliances qui ne ressortissent pas toutes à l'arithmétique parlementaire. L'idée qu'une coalition est constituée de telle manière qu'en sont exclus les membres non indispensables à la constitution d'une majorité est largement démentie par les faits. D'une part, des partis disposant de la majorité absolue choisissent de se coaliser avec des petites formations : l'UDR, de 1968 à 1973, alliée aux Républicains indépendants en France, la CDU-CSU, en 1957, alliée au petit Deutsche Partei, etc. D'autre part, les coalitions majoritaires dépassent la « coalition minimale victorieuse » dans la mesure où leur composition tient tout autant compte du nombre des députés de chaque formation que de leur proximité idéologique. En pratique, une coalition fondée, si l'on peut dire, sur l'économie de sièges peut avoir intérêt à intégrer des partis qui, laissés en dehors, peuvent devenir à terme des opposants (exemple du parti communiste intégré au pouvoir de 1981 à 1983 en France). Enfin, une coalition vic-

1. William Riker, *The Theory of Political Coalitions*, *op. cit.*

torieuse en sièges peut être minoritaire en voix et avoir besoin, pour asseoir sa légitimité, d'élargir son assise.

Mais la théorie des coalitions pose cependant un cas pratique plus intéressant, relatif au rôle des partis charnières, déjà évoqués. Pour gouverner, une coalition peut avoir besoin de l'apport de partis placés dans une position stratégique sur l'échiquier politique, qui lui permette de peser de manière décisive sur la constitution de la coalition victorieuse. Ils peuvent se situer tant aux extrêmes de l'axe qu'au centre et leur influence politique peut être inversement proportionnelle à leur poids électoral. Ils ont en effet un pouvoir de marchandage (notamment dans les répartitions des ministères) très supérieur à leur représentativité. Ainsi, à la droite du Likhoud, des petits partis religieux en Israël, ou en France, au centre de l'échiquier, l'Union démocratique et socialiste de la Résistance animée par François Mitterrand et René Pleven sous la IVe République.

Mais les acteurs politiques ne raisonnent pas toujours strictement du point de vue du bénéfice électoral ou de l'alliance nécessaire pour obtenir une majorité. Ils doivent prendre en compte aussi le coût symbolique d'une alliance « contre nature », contraire à certaines valeurs qu'ils représentent et qui peuvent les placer en position d'accusé devant leurs électeurs ou leurs adversaires, outre la gestion conflictuelle du pouvoir qu'ils auraient à mener avec un allié encombrant.

Ainsi, l'alliance en France de la droite et du centre avec l'extrême droite a toujours été rejetée par une large majorité d'électeurs et, au niveau national, par les appareils de la droite modérée. La proximité idéologique n'est donc pas un critère suffisant mais nécessaire pour la conclusion des alliances. De ce point de vue, les clivages idéologiques constituent une contrainte majeure dans la construction des alliances. Parmi ces clivages, le clivage droite-gauche constitue un principe de sélection dominant en France, en Italie, en Espagne ou aux Pays-Bas.

3

L'exercice du métier politique

« On peut dire qu'il y a trois qualités déterminantes qui font l'homme politique, écrit Max Weber : la passion – le sentiment de la responsabilité – le coup d'œil [...] Le coup d'œil est la qualité psychologique déterminante de l'homme politique. Cela veut dire qu'il doit posséder la faculté de laisser les faits agir sur lui dans le recueillement et le calme intérieur de l'âme et par conséquent maintenir à distance les hommes et les choses[1]. » Cette distance, qui suppose une forte capacité de maîtrise de soi, est nécessaire pour observer ses semblables, repérer immédiatement le point politique d'une question, s'en saisir, et, s'agissant des individus, l'art de les instrumentaliser, c'est-à-dire une aptitude au « maniement des hommes » (Joseph Schumpeter).

De même, le parallèle établi par Weber entre l'homme politique et la figure de l'avocat est instructif : « L'importance des avocats dans la politique occidentale depuis l'apparition des partis politiques n'a rien de fortuit. L'entreprise politique dirigée par des partis n'est précisément qu'une entreprise d'intérêts [...], le métier de l'avocat spécialisé consiste justement dans la défense efficace de ceux qui s'adressent à lui. [...] Sans nul doute, il peut faire triompher et donc “gagner” techniquement une cause

1. Max Weber, *Le Savant et le politique*, *op. cit.*, p. 177.

dont les arguments n'ont qu'une faible base logique et qui est, par conséquent, logiquement "mauvaise" mais il est aussi le seul à pouvoir faire triompher et donc "gagner" une cause qui se fonde sur des arguments solides et par conséquent "bonne" en ce sens[1]. » Weber explique finalement que l'art politique n'a rien de strictement « rationnel », mais consiste justement à convaincre sur des registres divers : émotionnel, critique, affectif, technique, manipulateur.

Le « métier politique » est donc plus un savoir-faire qu'un savoir spécialisé, mais aussi un faire-savoir. On présentera, sans prétendre encore une fois à l'exhaustivité, quelques-unes des pratiques identifiables des acteurs politiques.

Si l'évolution moderne vers la professionnalisation a modifié et enrichi les pratiques traditionnelles, notamment par le biais de la communication politique et de ses techniques, l'homme politique demeure fondamentalement perçu comme un représentant et un médiateur dans sa capacité à traduire, interpréter et satisfaire les attentes conscientes ou inconscientes de ses mandants sur lesquelles il doit aussi agir. La première dimension de son action est donc un *rôle social*. Ensuite, il est appelé constamment à communiquer, c'est-à-dire entrer en relation avec les autres, afin de *dire le pouvoir* par des procédés classiques comme l'exercice de la parole, dont l'économie a été modifiée par la médiatisation de la vie publique. Enfin, l'homme politique est un *décideur* à condition d'analyser tout autant son action concrète sur la décision que l'appropriation symbolique de celle-ci. Autrement dit, les théories de la décision ou l'analyse des « politiques publiques » n'épuisent pas la compréhension de ce rôle tout autant fictif qu'effectif de l'homme politique.

1. *Ibid.*, p. 141.

A. Un rôle social

1. Représenter

La variété des sens attribués au mot représentation éclaire plusieurs facettes du métier politique. Ainsi, la théorie de la souveraineté populaire fait des élus les « représentants du peuple », schéma dans lequel le mandat qui leur est donné est « impératif ». La pratique du *recall* aux États-Unis (rappel) permet, on l'a vu, aux mandants de révoquer le mandataire qui cesse de les satisfaire. En pratique, la procédure est peu utilisée.

Dans la théorie de la souveraineté nationale, les représentants n'agissent pas au nom du « peuple », mais d'un être abstrait, la nation. Leur mandat n'est donc pas impératif. La Constitution de 1958, en disposant que « la souveraineté nationale appartient au peuple », semble réconcilier les deux théories : le représentant est élu par le peuple souverain et doit lui rendre compte, mais son mandat est représentatif et donc formellement libre par rapport à ses électeurs (« tout mandat impératif est nul » indique l'article 23 de la Constitution).

Weber distingue la représentation liée de la représentation libre. La première consiste « en des mandataires élus [...] au pouvoir d'administration limité à l'intérieur et à l'extérieur par des mandats impératifs et un droit de rappel ». Ce type de démocratie directe n'est concevable selon l'auteur que dans « les républiques de conseil » (comme la Suisse) au contraire des « groupements de masse » qui adoptent la représentation libre. « Le représentant libre, en règle générale élu, n'est lié par aucune instruction et il demeure le propre maître de sa conduite. Son devoir ne le renvoie qu'à ses propres convictions, non à la prise en considération des intérêts de ceux qui l'ont délégué. Il n'est pas rare que la représentation libre, en ce sens, soit la conséquence inévitable d'une lacune ou d'une absence d'instructions. Dans d'autres cas, elle découle de façon cohérente de l'élection d'un représentant qui est alors, dans cette mesure même, le maître choisi par l'électeur et non leur “serviteur”. Ce caractère, en particulier, est celui des représentations parlementaires modernes qui, sous cette forme, partagent l'objectivation générale, la sujétion à des normes abstraites (politiques, éthiques), caractéristique de la domination légale. Dans une grande mesure, cette particularité vaut pour les corps représentatifs des groupements politiques modernes : les Parlements. La fonction de ceux-ci peut apparaître sans l'intervention volontariste des partis : ce dont ces derniers qui présentent candidats et programmes aux citoyens politiquement passifs[1] ». C'est par un défaut de mise en perspective de l'analyse de Weber qu'est confondue la notion de « passivité » de l'électeur avec celle d'apathie. Weber souligne simplement que, en pratique, malgré les proclamations, la représentation est plus souvent libre en cours de mandat quc « liée », malgré l'existence de procédés de démocratie directe.

On retrouve une autre ambiguïté dans la notion de représentation au regard même du rôle que se donne l'acteur politique : il est tout à la fois le représentant de tous (« le président de tous les Français »), parle en leur nom (« les citoyens pensent avec moi que », « ils ne peuvent plus accepter », et l'élu d'une majorité. Il doit se poser comme celui qui s'identifie à une communauté et même l'incarner tout en s'attachant à satisfaire des aspirations individuelles et sélectives. La sensibilisation à des intérêts divers est certes fonction, de l'histoire personnelle du représentant : un médecin sera plus sensible au sort de la profession, un avocat plus attentif aux revendications de ses pairs, un agriculteur soucieux du sort de ses congénères. Mais, c'est surtout l'idéologie ou le corpus d'idées qu'il

1. Max Weber, *Économie et société*, *op. cit.*, p. 301.

défend qui sert de filtre à la défense d'intérêts catégoriels ou sectoriels. Il ne peut d'ailleurs en être autrement sauf à ce que le représentant se coupe de ses « clientèles » ou devienne à l'inverse l'unique porte-voix d'une catégorie.

2. Médiation et patronage

L'analyse systémique de David Easton[1] souligne l'importance de la fonction de médiation assurée par les « portiers », c'est-à-dire ceux qui trient, filtrent, articulent et transmettent les exigences et les soutiens, qui rétroagissent sur le « système ». En clair, les organisations et bien sûr « les élus du peuple » sont souvent les médiateurs obligés des citoyens dès lors qu'il s'agit d'adresser aux autorités des demandes universalistes ou particularistes. Dans cette relation réside la base principale de la légitimité du représentant aux yeux des représentés ; sa capacité d'accès au « centre », sa faculté de satisfaire des exigences multiples.

Le rôle de médiation joue à l'intérieur du « système » (l'élu dans sa circonscription, le maire dans sa ville) mais surtout à l'extérieur. Le ministre devra avoir accès au Premier ministre pour défendre ses dossiers, l'élu avoir des contacts directs avec le ministre ou ses collaborateurs pour faire avancer une question, favoriser l'implantation d'un service public, nouer des liens avec les dirigeants économiques afin de favoriser la création d'une entreprise locale, etc. Cette *capacité d'intervention* est décisive pour se voir reconnu comme le représentant *légitime* de la communauté. Un élu doit disposer – et faire savoir qu'il a ses « entrées » dans les lieux de décision.

Au cœur de cette relation « humaine », « sociale », se situe le patronage entendu comme la relation d'échange entre un patron qui dispose de biens et de services – ou peut y faire accéder – et un « client » qui offre sa voix en contrepartie. L'expression « clientèle électorale » en dit

1. David Easton, *Analyse du système politique*, *op. cit.*

d'ailleurs assez long sur ce sujet. Entre le représentant et l'électeur, le notable et « ses » administrés, le dirigeant et ses mandants, cette relation concerne une multitude de besoins et d'« interventions » diverses : logement, emploi, service national, « tracasseries » administratives, etc. Cette relation est individuelle mais aussi collective (groupes d'intérêt, professions, etc.). L'attention portée à ces demandes par le représentant – mais aussi le « gouvernant » – est importante pour sa crédibilité. Il joue en la matière un rôle dont chacun attend qu'il soit tenu. On comprend dès lors le soin qu'a celui-ci de répondre individuellement à chacun, de suivre un dossier individuel, d'entretenir une correspondance suivie et parfois nombreuse. L'issue de l'intervention sera souvent aléatoire, mais si elle est positive le représentant (et/ou son parti), même si son influence n'a pas été décisive, sera crédité du bénéfice.

Il constitue ainsi des réseaux, c'est-à-dire des « faisceaux d'obligations réciproques et qui fonctionnent sur la longue durée » (Marc Abélès). Le réseau est donc un système de coopération et d'échange entre des individus appartenant à différents secteurs (politique, administratif, social, culturel, etc.). Le fait d'en disposer, ou de s'attacher à le constituer, est essentiel pour l'homme politique. Il doit pouvoir mobiliser en effet, au bon moment, une série d'acteurs qui favoriseront son influence, faciliteront le règlement de certaines questions, lui donneront accès à des secteurs avec lesquels il n'est pas *directement* en contact. Pour le constituer et l'entretenir, il faut qu'il puisse assurer à ses membres un minimum d'avantages, d'informations, de relations suivies afin de maintenir son efficacité.

L'exemple presque caricatural du *boss* aux États-Unis, déjà analysé à propos du financement des partis, illustre clairement la relation de médiation et de patronage étudiée par Robert Merton[1]. La « machine », grâce à ses agents

1. Robert Merton, *Éléments de théorie et de méthode sociologique* (1957), Paris, Plon, 1965, p. 126-138.

locaux *(bosses)* assure « une fonction sociale importante d'humanisation et de personnalisation, de tous les procédés d'assistance à ceux qui sont dans le besoin ». La politique a donc un visage familier que l'on saura reconnaître au moment de voter : « La machine reconnaît que l'électeur est avant tout un homme vivant dans un quartier déterminé, avec ses problèmes et ses désirs personnels spécifiques.

La machine assurerait la fonction de procurer des privilèges politiques qui permettent des gains économiques immédiats [...]. Le *boss* rationalise les relations entre les affaires publiques et les affaires privées. Il sert d'ambassadeur du commerce privé auprès du souverain étranger (et souvent inamical) qu'est pour lui le gouvernement. » Les entreprises sauront s'en souvenir s'agissant du financement de ses « machines » qui « font partie intégrante de l'économie ». Enfin, « la machine politique remplit la fonction essentielle « d'ouvrir des avenues à la mobilité sociale pour les groupes d'intérêt », aux membres des minorités ethniques ou des milieux défavorisés des emplois et des ressources qu'elle contrôle, propre à leur permettre une promotion sociale à laquelle leur origine ou leur cursus interdit d'accéder par les voies « conventionnelles ».

La thèse de Merton est donc que les partis et ses agents sont aussi des « substituts fonctionnels » aux défaillances du système politique américain.

Malgré les effets qu'entraîne cette prise en charge par les organisations politiques (clientélisme, favoritisme, corruption), « est condamnée à l'échec, écrit Merton, toute tentative faite pour éliminer une structure sociale existante sans favoriser des structures de remplacement adéquates, c'est-à-dire capables de remplir les fonctions précédemment assurées par l'organisation abolie ».

La figure du *boss* américain, qui a presque disparu, révèle bien cette relation centrale de médiation et de patronage entre la « machine », le bras séculier « des basses besognes des partis » (Marie-France Toinet) et les électeurs.

Aujourd'hui, l'élu a remplacé le *boss*, contrôlant un appareil local et la « machine », c'est-à-dire la structure organisationnelle du parti, qui distribue des incitations matérielles multiples (emplois, contrats, subsides, interventions).

Cet exemple extrême vaut aussi pour le Japon et ses « familles » ou, dans un autre style, le « mafioso italien » avant la Seconde Guerre mondiale. Il joue ainsi, en Sicile ou en Calabre, outre un rôle de « protection », de répression (se substituant quasiment à l'État) mais surtout de médiation. Il assure ainsi le lien entre la société locale et le monde extérieur : les Administrations publiques, les acteurs économiques. Sa « richesse » est un réseau d'« amitié » avec des personnages locaux influents.

Une illustration particulière du patronage peut être trouvée à propos des nominations. Les acteurs politiques, les partis peuvent influer sur les désignations ou la carrière des fonctionnaires, en particulier s'agissant des hauts emplois, généralement à la discrétion du pouvoir politique.

Aux États-Unis, la tradition du patronage a survécu pour la nomination d'au moins 1% des fonctionnaires fédéraux par le président (30 000 postes). En outre, il nomme à quelque 22 000 postes dans une multitude de commissions consultatives. Au niveau local, dans les villes de plus de 10 000 habitants, on sait que dans 40 % d'entre elles la pratique du patronage est courante.

En France, les emplois supérieurs de l'État (directeurs d'administration centrale, d'établissements publics, recteurs, préfets, ambassadeurs, etc.) sont pourvus discrétionnairement par le pouvoir politique. En pratique, ces hauts fonctionnaires sont choisis pour une large part parmi les fonctionnaires issus de l'ENA. Par ailleurs, le « tour extérieur » autorise le gouvernement à nommer dans des proportions variables dans les corps de l'État (Conseil d'État, Cour des comptes, corps préfectoral, diplomatique, inspections générales) des personnes ayant dix années de service public. Qu'il s'agisse des emplois supérieurs ou du tour extérieur, les critères politiques jouent un rôle non négligeable, en particulier depuis les années 1970-1980 où la politisation de la haute fonction publique s'est sensiblement accrue. Enfin, la décentralisation a permis d'élargir le cercle des « emplois fonctionnels » librement pourvus par les autorités locales (maires, présidents de conseil général ou régional), tant auprès d'elles qu'au sein des Administrations.

En Allemagne, au sommet de l'État, les hauts fonctionnaires (les « fonctionnaires politiques ») sont nommés discrétionnairement à des postes de direction par le ministre. Lorsqu'ils quittent leurs fonctions, ils bénéficient d'une pension et peuvent continuer à travailler pour ce parti en attendant une nouvelle affectation auprès d'un ministre, d'un bureau fédéral ou d'un Land. En outre, pour les autres fonctionnaires, si le recrutement se fait par concours, le patronage politique est encore très présent et autorise les partis à distribuer leurs faveurs politiques afin de favoriser le déroulement d'une carrière. Il n'est dès lors pas étonnant que 30 % des fonctionnaires et 50 % des hauts fonctionnaires soient adhérents à un parti politique. **En Belgique**, de même, le « proportionnalisme » est la règle dans le déroulement de la carrière soumise à l'influence des partis politiques (multiples). En Italie, le clientélisme politique dans la fonction publique est de règle, en particulier dans le secteur para-étatique national et local. **En Grèce**, il est courant que le recrutement de contractuels obéisse à des critères politiques : les électeurs ou militants fidèles sont ainsi récompensés de leur loyauté. La politisation « pluraliste » des carrières existe aussi **en Espagne et au Portugal** et a pu compenser le monolithisme d'Administrations héritées de Franco ou de Salazar[1].

1. Alain Claisse et Marie-Christine Méninger, *La Fonction publique en Europe*, Paris, Montchrestien, coll. « Clefs », 1994.

Même en Grande-Bretagne, la tradition de neutralité de la haute fonction publique est entamée et la politisation affecte depuis les premiers gouvernements thatchériens les nominations de secrétaires généraux des ministères *(permanent secretaries)*.

B. Dire le pouvoir

L'avènement de la communication de masse a modifié la relation entretenue entre l'homme politique et les citoyens. Il pénètre, grâce à la télévision, dans la sphère domestique.

Il doit aussi entretenir des relations de plus en plus suivies avec les journalistes. Le « faire-savoir » est donc devenu, plus encore qu'hier, la réciproque d'un savoir-faire.

1. Au cœur de la politique : le discours

La prise de parole est affirmation de soi, de sa légitimité et permet d'entrer en relation avec les autres. « L'objet du discours mythique, écrit Frédéric Bon, est d'introduire une intelligibilité dans le chaos, c'est-à-dire de ramener les dimensions multiples de cette expérience à un petit nombre de notions et d'opérateurs simples [...]. La situation du citoyen est comparable à celle de l'individu devant le cosmos. La vie politique lui apparaît comme un univers d'une extraordinaire complexité, une multiplicité de groupes, de sous-groupes et de personnalités entre en conflits qui s'organisent en un nombre considérable de dimensions [...]. Or, la démocratie pluraliste somme le citoyen d'intervenir [...] dans ce débat et d'arbitrer ces conflits. Le temps et l'investissement intellectuel qu'il peut consacrer à cette tâche sont extrêmement limités. Le seul moyen pour résoudre cette contradiction est d'opérer, à la manière du discours mythique, une réduction de cet univers complexe à un petit nombre d'oppositions [...]. Cette réduction est opérée par le discours politique[1]. »

Allocutions, discours, toasts, interviews : l'acteur est constamment appelé à intervenir par la parole. Il est des prises de parole rituelles, organisées à dates plus ou moins fixes et qui répondent à un genre donné (vœux du nouvel an, réceptions, congrès, etc.). Il sera aussi convié par une multitude d'organisations, de syndicats, de partis, à s'exprimer devant leurs membres, invité par les médias sur tel ou tel sujet ou « événement ». Enfin, ce sera à lui de « prendre la parole » et de s'adapter en chaque occasion au public : sera-t-il spécifique (assemblée professionnelle) ou très diversifié (émission télévisuelle) ? En fonction de son auditoire, il devra adapter son discours qui sera plus précis, articulé par des attentes précises dans un cas, plus général et ramassé dans l'autre. Il devra veiller aussi à la *cohérence* dans le temps de sa parole afin de l'inscrire dans une continuité.

Le discours politique emprunte pour l'essentiel des procédés à la rhétorique, c'est-à-dire l'art de persuader. Technique et art, elle vise à agir sur les destinataires du discours pour influencer ou forger leur opinion, leur faire éprouver un sentiment, les engager dans l'action. Le discours est donc au cœur de la politique et participe à l'univers des croyances et des signes qui la façonnent.

Il convient d'en rappeler les principaux procédés[2]. La prosopopée met en scène les absents, les morts, les êtres naturels. Il s'agit de les faire parler, agir, de les prendre comme témoins et donc de donner vie à des entités abstraites. « La République », « la France », « la liberté », « la classe ouvrière », etc., rassemblent les consciences (« la France que nous aimons »), et les mobilisent (« la République nous appelle »), etc.

1. Frédéric Bon, « Qu'est-ce qu'un vote ? », *Histoire*, n° 2, 1979, p. 105 et suiv.

2. Frédéric Bon, « Langage et politique » in *Traité de science politique*, *op. cit.*, t. III, p. 537 et suiv.

La métaphore simplifie, donne une dimension affective à des notions abstraites, sollicite l'imagination populaire, en épouse les traits afin de rendre immédiatement sensibles des concepts ou des choix politiques. Un exemple célèbre est donné par de Gaulle, lors de la campagne présidentielle de 1965 : « Il y a, pour ce qui est de la France, ce qui se passe dans une maison : la maîtresse de maison, la ménagère, veut avoir un aspirateur, elle veut avoir un Frigidaire, elle veut avoir une machine à laver et même, si c'est possible, une auto ; cela c'est le mouvement. Et, en même temps, elle ne veut pas que son mari s'en aille bambocher de toute part, que les garçons mettent les pieds sur la table et que les filles ne rentrent pas la nuit ; ça c'est l'ordre[1]. »

La tautologie, c'est-à-dire la répétition de sens, met à l'honneur la tradition, rassure sur le mode de l'évidence (« je salue Fécamp, port de mer, qui entend le rester », de Gaulle), joue de l'humour (« je puis vous assurer que la Loire continuera à couler dans son lit », de Gaulle).

Deux procédés, parmi d'autres, sont utilisés dans le discours politique : le chiasme et l'antiphrase. Le premier énonce une pensée qui renverse l'ordre des choses (« la propriété, c'est le vol »). Le second est une phrase qui annonce une explication pour le moins confuse. Pour se défendre de cette confusion, du doute ou de l'incertitude, le locuteur pourra dire : « Notre position est claire »…

Enfin, deux types de discours peuvent être par ailleurs grossièrement distingués. L'un s'articule autour de valeurs, de concepts généraux, mobilise le passé, le présent et l'avenir, l'histoire, etc. Bref, il tente de modeler l'action politique sur le registre à la fois émotionnel et idéologique pour mieux rendre compte de la force présumée des propositions concrètes qui vont transformer le réel. L'autre sera plus concret, « technique », faisant référence à des

1. Charles de Gaulle, *Discours et Messages*, t. IV, *Pour l'effort 1962-65*, p. 434-435.

questions pratiques qui concernent la vie quotidienne des citoyens situés et leur « parlera » (charges pour les chefs d'entreprise, honoraires médicaux pour les médecins, temps de travail, etc.).

2. *Débattre : l'exemple de la polémique*

Le débat, c'est-à-dire la confrontation pacifique d'idées, participe des valeurs de la démocratie qui implique contrôle et droit de critique. On n'en retiendra ici que sa figure extrême, la polémique sublimant justement la violence physique.

La polémique[1] (relative à la guerre *stricto sensu*) est une forme écrite ou verbale de guerre. Au XVIIIe siècle, le terme s'applique pour l'essentiel aux débats théologiques et obéit à des règles argumentaires codifiées. Par extension, la notion s'est étendue à d'autres débats (littéraires, politiques) tandis que la référence théologique a disparu.

La polémique s'inscrit dans une confrontation dont l'objet est de combattre le discours de l'autre, de le disqualifier en des termes négatifs, provocateurs ou injurieux. Elle mélange l'argumentation théorique et l'attaque personnelle, dénonce la position admise tandis qu'elle va souvent de pair avec l'apologie de son propre discours (lien très présent dans la controverse théologique). C'est un tiers pris à témoin qu'il faut convaincre (l'opinion, un groupe).

Les procédés polémiques sont variés. La disqualification de l'autre peut passer par le refus de s'adresser directement à lui (niant ainsi son statut d'interlocuteur légitime), l'attaque personnelle, le dévoilement d'un intérêt caché, l'« assimilation » avec d'autres personnes au statut négatif, l'ironie (niant le statut *sérieux* de la parole de l'autre). La négation du discours de l'autre peut passer

1. Cf. notamment Marc Angenet, *La Parole pamphlétaire*, Paris, Payot, 1983 ; Claude Hagège, *L'Homme de paroles*, Paris, Gallimard, 1986 ; *Langages*, nº 23, septembre 1991.

aussi par la recherche d'erreurs, grossies à dessein, pour rejeter en vrac le discours adverse, la satire (« votre discours est absurde »), l'amalgame de faits sans rapports les uns avec les autres. Souvent, le discours est surchargé de formules négatives.

Une série de manœuvres discursives consisteront aussi à affirmer un certain nombre de présupposés, c'est-à-dire d'affirmations invérifiables (« chacun sait », « il va de soi », « c'est évident ») ; à poser des questions auxquelles l'adversaire est sommé de répondre, ces interrogations gênantes ayant pour but de placer l'adversaire dans une situation d'infériorité. L'expression « feu nourri de questions » souligne d'ailleurs l'intrusion du questionneur dans le « camp » de l'autre. Le locuteur pourra aussi tenter d'amener son rival sur un autre sujet que celui débattu, où il est plus vulnérable. Enfin, il pourra faire appel à des « preuves ou des témoignages irréfutables » dont la convocation joue un peu l'image de l'expertise (fausse) et de sa neutralité présumée.

Pour se défendre – ou pour attaquer – le locuteur se présentera comme le représentant d'un groupe plus large dont il devient le porte-parole, mettant en avant une connaissance personnelle ou une pratique spécialisée (Georges Marchais face à Lionel Jospin s'affirme en ouvrier et donc à même de représenter le PCF « défenseur de la classe ouvrière », à quoi L. Jospin rétorque : « Cela fait vingt ans que vous n'avez pas mis les pieds dans une usine, alors que moi j'étais à la fac ce matin même pour y donner un cours. »)

3. Médiatisation et vie publique

L'apprentissage de la télévision est devenu nécessaire à l'homme politique au point que les grandes formations politiques disposent de plus en plus, à l'instar des États-Unis, de cellules de formation dans ce domaine. Les hommes politiques ont dû s'adapter à cette mutation et s'adjoindre des attachés de presse qui devront valoriser ou créer l'événement grâce à leur réseau journalistique. Cette présence médiatique est devenue une des facettes du métier à l'image caricaturale de Fernando Collor de Mello, qui remporta les élections présidentielles de 1989 au Brésil après une campagne centrée sur la télévision : homme jeune, dynamique, indépendant et intègre (destitué pour corruption en 1992).

Avant d'influer – marginalement – sur le vote, la télévision modifie la perception que les citoyens ont d'un homme politique. L'image des leaders est un des éléments qui peut le plus être affecté lors d'une campagne électorale. La télévision, dans la mesure où elle est aussi un *divertissement*, s'accorde avec la politique. Cette dimension ludique est soulignée par exemple par la mise en scène de certaines émissions. Ainsi de *L'Heure de vérité* ordonnant à l'origine l'espace du studio en un lieu partagé entre une aire centrale, des tribunes, un couloir d'accès faisant penser aux arènes, aux jeux du cirque, voire au théâtre antique. La joute télévisée, spectacle le plus prisé, participe de cette dimension spectaculaire qui se retrouve dans les émissions qui s'attachent à « compter les points » (avec le concours des sondages), ou proposent un « autre regard » sur l'acteur politique : sa vie quotidienne, sa famille, ses goûts littéraires.

En France, le *Bébête show*, aujourd'hui disparu, ou surtout *Les Guignols de l'info* qui relaient de façon très différente sur le plan télévisuel la caricature et la dérision, ont un large public. Ils donnent à voir sur un registre humoristique la politique comme beaucoup de citoyens se la représentent. Leur influence – non mesurable – est certaine quant à *l'image* qu'ils véhiculent de tel ou tel candidat et de son discours.

Sous l'influence de la médiatisation de la vie publique, de la croyance dans les techniques et la communication politique, le discours traditionnel s'est partiellement transformé. Il doit être attractif, *faire plaisir*, divertir au sens étymologique, faire appel à l'esthétique, à la séduction, mais il doit aussi éveiller l'intérêt du locuteur en étant composé de « signaux » qui éveillent chez tel ou tel groupe d'interlocuteurs son intérêt personnel, répond à une préoccupation voire marque une complicité même fugitive.

Certes, le discours doit être intelligible et donc utiliser vis-à-vis du locuteur le plus petit dénominateur commun. Le vocabulaire ne doit pas être abstrait ou spécialisé, mais simple et accessible. Il s'attache à transmettre un minimum d'informations, quitte à utiliser occasionnellement des mots abstraits, voire ésotériques, qui frappent l'imagination.

Mais à l'objectif démonstratif, rigoureux, argumenté, le discours télégénique semble substituer l'idée qu'il faut séduire, divertir, émouvoir afin d'impressionner le public. A l'exactitude de l'information ou à l'approfondissement est parfois préféré un langage flou et ambigu qui donne à rêver (« la force tranquille ») d'où, sans doute, un appauvrissement de l'échange politique.

4. Le discours silencieux

Machiavel enseignait : « Tout le monde voit bien ce que tu sembles, mais peu ont le sentiment de ce que tu es. » Cérémonie des vœux, réceptions, visites, voyages, simple audience : à tous ces moments – qui occupent une part non négligeable de l'action de l'homme politique, de ses gestes, de sa façon de recevoir, de s'affirmer, sont perçus, analysés et interprétés par ses interlocuteurs. Courtoisie, fermeté, attention accordée à chacun, poignées de mains, tous ces modes de communication non verbale évoquent chez certains analystes l'idée d'un « discours silencieux ».

La théâtralisation du pouvoir politique est ancienne. Que l'on songe à la monarchie de l'Ancien Régime où « le roi, écrit Norbert Élias, mettait à contribution ses gestes les plus intimes pour marquer des différences de rang, pour accorder des distinctions, des faveurs, pour manifester son mécontentement. Il apparaît donc que l'étiquette assumait dans cette société et dans cette forme du gouvernement une fonction symbolique d'une grande portée[1] ». Plus largement, les grandes cérémonies, les façons de cour (aujourd'hui le protocle républicain) mettent en jeu des mécanismes affectifs ou émotionnels.

La communication non verbale passera donc par le recours au symbolisme des lieux (devant la mer, devant une cheminée...), des personnes (époux, enfants), des objets qui entourent l'« acteur », et fait ainsi appel à leur pouvoir évocateur et d'identification. Cette communication peut passer aussi par une mise en scène de l'intimité et donner au spectateur (plus particulièrement au téléspectateur) le sentiment de transparence. Cette communication passera aussi par le corps, la pose, la tonalité de la voix, la gestuelle, l'habillement, le *look*.

Plus largement, l'idée d'un discours silencieux rappelle simplement que **la politique est aussi l'art de manier les symboles** pour mobiliser l'attention, des soutiens, faire appel à la mémoire collective en usant de la parole ou des gestes, ceux-là même qui permettaient au roi de se faire aimer... Cet art de paraître est au cœur de l'action politique puisqu'il permet à la fois de signifier son pouvoir en réactivant les croyances en son caractère légitime.

C. Décider

L'acteur politique participe à de multiples décisions comme contrôleur (député, membre d'une assemblée délibérante) ou comme instance exécutive. Mais, à proprement parler, l'homme politique prend autant de décisions qu'il en ratifie. L'essentiel pour lui est de les endosser positivement, de se les approprier, d'en paraître, au-delà des

1. Norbert Élias, *La Société de Cour*, Paris, Calmann-Lévy, 1974, p. 71.

hasards qui ont produit un résultat donné, *l'auteur*. Sa crédibilité est en jeu d'autant mieux que la collectivité lui en impute la responsabilité. Autrement dit, « l'important n'est pas toujours de faire effectivement quelque chose mais d'être perçu efficace et actif. Ce n'est pas l'action en elle-même qui est décisive pour la représentation de l'élu mais le sens et l'image qu'il est possible de donner »[1].

1. La décision comme représentation

« Le Premier ministre a décidé », « le ministre a arrêté un certain nombre de décisions », « le maire a voulu que », etc. Qu'il s'agisse des textes normatifs signés par un décideur (ou plusieurs), de la presse et des médias qui annoncent *la* décision de l'acteur, des adversaires qui la dénoncent ou de l'*auteur* qui la revendique (de Gaulle signant des décrets sur le bateau *Le Colbert* « fait à bord du *Colbert* »), **tout concourt à *imputer* la décision politique au gouvernant ou au représentant et d'abord la théorie démocratique.** C'est le peuple qui donne mandat à son mandant d'agir et c'est en son nom qu'il agit légitimement. Une série de conséquences pratiques en découlent comme celle de la subordination de l'administration au politique, et, au sein de la sphère politique, la hiérarchisation des rôles. Celle-ci a pour effet de rendre responsable l'acteur au plus haut niveau (le ministre est solidaire du gouvernement et sous l'autorité du Premier ministre, etc.). La responsabilité politique est donc inhérente au système démocratique et constitue la première cause de cette imputation de la décision. Les acteurs politiques soumis à l'élection n'annoncent-ils pas ce qu'ils vont faire, leur programme, les mesures qu'ils prendront ? Ce choix démocratique, en posant une alternative, fortifie encore le mythe de la décision.

1. Philippe Garraud, *Profession : homme politique*, Paris, L'Harmattan, 1989, p. 107.

Ensuite, le décideur lui-même doit constamment réaffirmer sa responsabilité en revendiquant l'ensemble des décisions dans sa sphère d'influence. Il entretient par là même sa légitimité politique, sa crédibilité aux yeux des sphères dirigeantes et des citoyens.

L'essentiel, particulièrement pour les décisions importantes, populaires ou tout simplement gratifiantes, est de se les approprier, de faire savoir que l'on en est à l'origine. Pour ce faire, les médias constituent le principal vecteur. Par leur effet grossissant, la personnalisation de la vie politique qu'ils induisent, ils fortifient la croyance en un acteur individuel (ou collectif), maître de ses choix, ou, à l'inverse, incapable de décider (*indécis* soumis à des contraintes lourdes). **La communication faite *autour* de la décision est donc aussi importante que son contenu.** Les médias attendent « du concret », « des mesures » afin de bâtir l'actualité immédiate.

Un des effets pervers de cette situation est « l'effet d'annonce ». Pour exister face aux médias, l'acteur politique cherchera à annoncer régulièrement « des décisions importantes » afin d'exister médiatiquement (« train de mesures », nouvelle mesure, ensemble de décisions, etc.). Cette course-poursuite après l'actualité est parfois d'autant plus vaine que ce sont les médias qui trient, hiérarchisent et transmettent l'information à la mesure, si l'on peut dire, des attentes sociales de leur public, de l'audience du sujet, sans qu'il y ait toujours une relation exacte entre le traitement accordé à l'information et son importance réelle. Ce jeu sur le temps a pour effet notamment la multiplication des textes législatifs, réglementaires (souvent à la marge) qui donnent une consistance symbolique à des politiques d'abord construites pour faire événement. A l'inverse, un acteur politique maîtrisant mal sa communication pourra aligner autant de mesures significatives qu'il le souhaite, sans pour autant en retirer de bénéfice médiatique.

2. *Théories de la décision*

La notion de « décision » soulève bien des difficultés. Elle implique en elle-même une hiérarchie normative, revêt un caractère sacré, positif et volontaire, opposé à la préparation ramenée à la simple intendance.

Dans bien des cas, la décision de l'autorité n'est que l'acte qui légitime politiquement un choix fait par d'autres, soit qu'elle l'approuve, soit qu'elle le ratifie purement et simplement. Il est même des cas d'« anarchie organisée » (John March) où des décisions sont prises sans que personne n'en ait une conscience immédiate. L'ambiguïté et le flou des procédures, des préférences, le choix équivoque d'acteurs non identifiables conduisent à se demander par exemple après coup : mais par qui et à quel moment a été décidée en France la construction du RER ?

La rationalité du décideur est en outre « limitée » (Herbert Simon) : son information, toujours incomplète, est filtrée par sa vision du monde, son expérience, ses préjugés ; les critères de choix « optimal » sont largement dépendants d'études qui ne sont jamais exhaustives, parfois rares, souvent orientées. Il ne peut percevoir l'ensemble des alternatives et le moment du choix génère des tensions psychologiques – variables – qui peuvent inciter l'acteur à « arrêter » une décision pour qu'elles cessent.

Ensuite, le contexte dans lequel s'élabore la décision est formé d'une série de contraintes qui pèsent sur *le* décideur. La « contrainte du rôle » (maire, ministre, etc.) suppose que l'acteur politique agisse, compte tenu d'attentes et de valeurs liées à sa fonction. Des procédures encadrent la décision, qu'il s'agisse de règles particulières (avis ou consultations exigés, formes), de circuits de communication par lesquels arrive l'information reformulée par diverses instances administratives, mais aussi des contrôles extérieurs (comme par exemple le contrôle de constitutionnalité). De là à penser que la décision est le produit des procédures que le décideur affronte... Il s'insère plus généralement dans un système de pouvoir complexe qu'il devra maîtriser et au sein duquel il devra trouver des alliés, passer des compromis.

Quelques études particulières illustrent le statut controversé de la décision. Sur la question de savoir « qui décide », Floyd Hunter, étudiant la structure du pouvoir dans la ville d'Atlanta[1], s'appuie sur une approche « réputationnelle » (fondée sur la réputation en terme d'influence). On demande aux personnes interrogées (les experts) d'établir une liste des leaders les plus influents. L'auteur en déduit que la ville est dirigée par une élite étroite et homogène dont les autorités politiques ne sont qu'un élément second. C'est l'oligarchie d'affaires qui prend les vraies décisions et « tire les fils ».

Robert Dahl au contraire critique cette approche en considérant que le critère réputationnel n'est pas rigoureux mais recoupe simplement le sens commun. Il préfère s'attacher à un certain nombre de décisions concrètes pour comprendre qui les a influencées. Dans sa célèbre étude sur la distribution du pouvoir à New Haven[2], il souligne notamment que de multiples acteurs interviennent tout au long du processus décisionnel. Si le maire joue un rôle important, la décision finale est un compromis entre de multiples acteurs. Cette approche met en lumière la fragmentation du pouvoir (la polyarchie) derrière les apparences de l'unicité du décideur.

Graham Allison, dans un célèbre ouvrage[3], analyse ainsi la crise des missiles de Cuba qui faillit, en octobre 1962, déclencher une guerre nucléaire entre les États-Unis et l'Union soviétique. A travers les diverses hypothèses qu'il étudie, apparaît le jeu d'acteurs multiples (l'armée de

1. Floyd Hunter, *Community Power Structure. A Study of Decision Makers*, Chapell Hill, 1953.
2. Robert Dahl, *Qui gouverne ?*, *op. cit.*
3. Graham Allison, *Essence of decision*, *op. cit.*

l'Air, la CIA, la Marine, l'entourage présidentiel dont le frère du président) et un président des États-Unis largement dépendant des informations que l'on veut bien lui donner, de compromis passés ailleurs que dans son bureau. Il ratifie des solutions dont il ne maîtrise pas de l'analyse.

Une série d'études en France montre, de même, que le décideur formel est prisonnier ou peut s'appuyer sur un éventail de solutions élaborées par d'autres (experts) en fonction d'intérêts et de légitimités qui leur sont propres. L'analyse d'Henri Jamous[1] sur la modification des études médicales et des structures hospitalières en 1958 rencontre ce deuxième cas de figure. Cette réforme introduit le plein temps des permanents hospitalo-universitaires, l'institution d'un concours de recrutement national – et anonyme – des internes (et l'enseignement de la sociologie). Cette « décision » tend à rompre notamment avec des pratiques dominantes (népotisme), des valeurs (l'idéalisation de la profession libérale) et est imposée... Un « mandarin » réformateur, Robert Debré, père du garde des Sceaux d'alors, Michel Debré, a appuyé la revendication d'une fraction de médecins jeunes et modernistes auprès d'un pouvoir politique conscient de la nécessité d'un changement bloqué par l'alliance de mandarins et d'administrations rétives. La « demande sociale » (accès aux soins plus facile, principe d'égalité) sert de légitimation politique à cette réforme d'« intérêt général ». Dans ce schéma, le décideur politique a donc voulu ratifier des solutions élaborées par d'autres, même si la demande n'était ni générale de la part du secteur, ni absolument nécessaire du point de vue de la santé publique. Elle a été permise par l'intervention d'un « médiateur charismatique » (Robert Debré) placé à la jonction de plusieurs réseaux d'influence (politique et médical).

D'autres analyses montrent aussi comment l'éventail des solutions est en fait largement dépendant d'acteurs

1. Henri Jamous, *Sociologie de la décision*, *op. cit.*

fortement insérés dans le schéma organisationnel. S'agissant par exemple de la création du ministère de l'Équipement, « décidée » en haut lieu, Jean-Claude Thoenig[1] a montré comment le corps des Ponts et Chaussées a anticipé cette réforme (fusion des services de la construction et de ceux des Ponts et Chaussées, redéfinitions des politiques urbaines) et l'a conduite conformément à ses propres intérêts. Les solutions « techniques » proposées au pouvoir politique l'enferment en fait dans un choix dicté par le corps des Ponts. Ces études mettent en avant la capacité de la haute administration à infléchir la décision politique, particulièrement lorsqu'elle met en cause des intérêts corporatifs. D'autres soulignent l'existence de politiques élaborées pour l'essentiel par une poignée d'experts comme la politique nucléaire de la France, des années 1950 aux années 1980, sans vrai débat public au moins à l'origine, ni forte interférence du gouvernement.

Dès lors, plutôt que de s'attacher à la décision en soi, il convient de s'intéresser au processus décisionnel et plus largement de répondre à la question : « Comment et par qui une politique a-t-elle été élaborée et mise en œuvre ? » L'analyse des politiques publiques répond à cette question en proposant une méthode apte à étudier des « enchaînements d'actions ». Parmi ses approches, l'analyse séquentielle est sans doute la mieux à même d'éclairer cette construction.

3. Décision et politiques publiques[2]

Charles Jones distingue ainsi plusieurs références d'une politique publique : l'identification du problème et son inscription sur l'agenda d'une autorité publique ; la formulation de solutions étudiées, élaborées, négociées ; la

1. Jean-Claude Thoenig, *L'Ère des technocrates*, *op. cit.*
2. Yves Mény, Jean-Claude Thoenig, *Politiques publiques*, Paris, PUF, 1987.

prise de décision par le décideur public, c'est-à-dire le choix d'une solution qui devient légitime ; la mise en œuvre de la politique sur le terrain ; évaluation des résultats, la « terminaison » de l'action (clôture du programme par la résolution du problème ou l'épuisement des crédits). Ce processus est un cycle bouclé sur lui-même (la fin peut être le commencement) et n'est pas linéaire : les phases peuvent se renverser chronologiquement, voire se chevaucher.

C'est sans doute la « mise sur agenda » qui fait l'objet d'une plus grande attention de la part des analystes (Roger Cobb ou Charles Elder). Quels sont les processus qui conduisent les autorités publiques à se saisir d'un problème ? L'accès peut être tout simplement accidentel, au sens propre comme au sens figuré : un accident de la route important provoque une remise à plat de la politique de sécurité routière, une catastrophe nucléaire modifiera sensiblement la politique énergétique, etc. Mais l'accès peut aussi être routinier : c'est l'agenda institutionnel qui fixe par exemple régulièrement les discussions budgétaires qui donnent chaque année l'occasion d'opérer au niveau de chaque ministère et du gouvernement des arbitrages. Cobb note aussi la mise sur agenda d'origine extérieure, imposée par des groupes soulevant une controverse et obligeant les autorités à se saisir de la question. Entre ces deux formes d'accès, on peut aussi indiquer celui « interne » aux sphères du pouvoir mais recherchant un soutien public.

Pour qu'un problème soit inscrit sur l'agenda, encore faut-il qu'il relève de la compétence de l'autorité publique qui peut avoir intérêt à jouer sur une compétence conjointe avec une autre autorité pour lui laisser traiter la question (État/collectivités locales par exemple). Mais il convient aussi que le problème soit posé en des termes politiques et perçu comme tel. Ainsi, le sida est devenu un problème politique et non plus seulement de santé publique après le drame du sang contaminé, la prise de conscience de l'ampleur de la maladie, mais aussi la mobilisation de nombreux réseaux associatifs. A l'inverse, le chômage dans les années 1960, dès lors qu'il est restreint en période de forte croissance, n'est pas considéré comme un problème politique. Quant aux acteurs de la mise sur agenda, il s'agit des élites, au sens large (responsables politiques, syndicaux, élus, chefs d'entreprise, « notables ») et des mouvements sociaux tant organisés que diffus.

L'autorité devra arrêter, parmi les solutions formulées, un choix, mais elle peut aussi décider… de ne rien décider. La non-décision est justement révélatrice de la capacité – ou de la difficulté – de l'autorité publique à empêcher l'émergence ou le traitement d'un problème. Il pourra aussi vouloir ne pas le traiter s'il risque de susciter des conflits en chaîne, ou simplement parce que son traitement est inopportun au regard des objectifs fixés par l'autorité. Elle pourra en tous les cas, si la pression est trop forte, établir une procédure associant les « intéressés » sans préjuger du fond (créer un comité *ad hoc*), désigner une commission administrative, voire traiter la partie la plus visible du problème sans s'attaquer au fond. Le risque d'éluder totalement la question est réel. Elle peut ainsi devenir un enjeu politique majeur autour duquel des opposants vont mobiliser de manière croissante. Plutôt donc que de s'arrêter au seul moment de *la* décision, l'analyse des politiques publiques étudie des phases où sont sélectionnées les solutions tout autant que les buts à atteindre. Elle souligne que le problème n'est toujours pas identifié clairement et que l'on rationalise souvent *a posteriori* l'intelligence que l'on a eue de la question.

Le rôle du politique est d'anticiper la manière dont la solution va être reçue par l'opinion publique, les groupes d'intérêt, les partis, voire aussi les médias. Au-delà de la simple apparence de rationalité technique, la mesure est-elle acceptable politiquement et socialement ? C'est ici, à notre sens, que l'acteur politique recouvre son « pouvoir » décisionnel. Il ne faut donc pas le concevoir comme simplement réduit à « ratifier » des choix. D'une part, même s'il ne lui est pas possible de se libérer totalement des contraintes, des compromis noués, d'être complètement informé, il donne une force symbolique à la solution qu'il a arrêtée et dont il assumera le « coût » politique. D'autre part, les « experts » n'ont pas tous une rationalité étrangère à la sienne (notamment au sein de son cabinet). Enfin, il a la latitude dans l'application de différer, de modifier la décision ou de procéder à des aménagements. En pratique, il reste dépendant dans cette phase des Administrations. Ainsi la plupart des études sur la mise en œuvre du contenu des politiques publiques souligne l'écart souvent considérable entre la conception initiale et l'application concrète. Les Administrations publiques disposent ainsi d'une marge d'autonomie certaine. Catherine Grémion a montré comment la volonté politique – et l'impulsion – donnée à une réforme administrative en France (création d'échelons administratifs régionaux en 1964) est dissoute dans ses résultats par une couche de hauts fonctionnaires, hétérogène dans ses objectifs mais homogène dans la volonté de rendre compatible le changement avec la préservation de ses intérêts[1].

Il ne faut cependant pas voir uniquement dans l'écart perçu une simple résistance organisée des Administrations, mais plus généralement une capacité d'interprétation autonome de la règle qui peut tenir à une série de facteurs multiples : motivations des agents, modes de gestion, difficultés de coordination entre les Administrations, etc. Les modalités d'intervention auront aussi des effets sur la mise en œuvre (réglementaires, incitatives, etc.). Enfin, la nature des politiques et leur caractère consensuel ou controversé entrent en jeu pour comprendre cet « écart » (une politique distributive est stable dans son application au contraire d'une politique redistributive qui génère conflits, résistances, etc.).

L'*évaluation* a pour objet d'apprécier les effets attribués à une action publique, selon diverses méthodes.

1. Catherine Grémion, *Profession : décideur*, *op. cit.*

La première, strictement « comptable », fera l'inventaire des effets – ou des non-effets – de l'action publique. Une seconde tentera d'aller au-delà en essayant d'expliquer pourquoi tel objectif n'a pas été atteint. Une troisième s'attachera à une appréciation critique des objectifs mêmes. Une quatrième enfin s'essaiera à découvrir une relation de causalité scientifique entre le contenu d'une politique et ses effets, à l'image de l'initiation dans plusieurs pays occidentaux de procédure d'évaluation de ce type.

4. Décision et changement politique

Le fait que le regard soit centré sur l'étude d'un processus en décortique les effets, les contraintes, les limites, tend à accréditer l'idée commune selon laquelle le décideur politique ne décide pas grand-chose et qu'en particulier l'alternance ne modifie que marginalement les politiques publiques. C'est la thèse de Charles Lindblom[1] qui considère que les politiques publiques dans les sociétés modernes ont une influence marginale, au sens strict du mot. Elles sont largement redevables des politiques précédentes et insérées dans des contraintes institutionnelles lourdes laissant peu d'espace à un jeu « radicalement nouveau ».

D'autres études contredisent ce point de vue « microscopique » et s'attachent à souligner au contraire l'influence de choix idéologiques sur les politiques publiques, y compris en matière de développement économique[2].

A cet égard, **l'alternance a pour effet, au moins dans les premiers temps, d'ouvrir considérablement l'« agenda »**, de modifier les rapports de forces entre les groupes et la configuration des acteurs. Si l'élaboration

1. Charles Lindblom, *The Policy Making Process*, Cliffs, Prentice Hall, 1960.

2. Cf. Jean Charlot, *L'Intervention des groupes politiques*, *op. cit.*, p. 519.

d'une politique publique « revient à construire une représentation, une image de la réalité sur laquelle on peut intervenir » (Pierre Muller), le traitement d'une question est donc fortement dépendant des représentations sociales, des valeurs qui lui donnent un sens. L'action publique visera donc à modifier, même marginalement, ces représentations afin de leur donner une première consistance, mais l'ouverture de l'agenda politique contribuera sensiblement à les modifier et à rendre acceptables des solutions qui étaient jusqu'alors écartées. Si cette transformation tient à la modification des représentations qui ont affecté la question entre-temps, elle est aussi le fruit du travail des acteurs politiques sur ces mêmes représentations afin de rendre acceptable la solution. En pratique, il faudrait plutôt renverser la perspective classique de l'analyse de la décision ou l'analyse des politiques publiques et montrer, au contraire, l'influence qu'a l'acteur politique sur d'autres décisions dont il n'apparaît pas comme l'« auteur »...

Conclusion

La politique en crise ? Ce thème est devenu récurrent et ne participe pas seulement de l'air du temps.

Cette crise concerne d'abord la participation politique et se traduit, dans la plupart des démocraties occidentales, par une hausse de l'abstentionnisme dans des pays comme l'Italie traditionnellement « participante », ou encore la France et l'Allemagne, où la mobilisation électorale a toujours été moindre[1].

Les indices restent cependant fragiles et peuvent renvoyer à des « cycles de mobilisation ». Albert Hirschman, au début des années 1980, avait souligné qu'après une phase de surengagement dans la vie publique marquée par la multiplication de nouveaux mouvements politiques ou sociaux à la fin des années 1960 et au début des années 1970 devait succéder le déclin – provisoire – des passions politiques. Les citoyens, selon ce schéma, se réfugieraient plus qu'hier vers le « bonheur privé » et un individualisme sceptique par rapport à l'action publique.

Sans doute la politique a-t-elle été déconsidérée – ainsi qu'une partie de son personnel – par une série de « scandales » qui ont affecté et accru la distance entre les citoyens et leurs représentants, nourrissant des mouve-

1. Hugues Portelli, *Les Régimes politiques occidentaux*, *op. cit.*, p. 169.

ments populistes. En outre, la chute du mur de Berlin, si elle n'a pas provoqué « la fin de l'histoire » ou des idéologies, en discréditant durablement l'alternative communiste, a réduit l'espace du débat politique à un affrontement tempéré entre des partis gestionnaires d'un État-providence lui-même contesté.

Plus assurées sont cependant les analyses qui rendent compte dans les années 1980 des progrès fulgurants de la communication politique contribuant, on l'a noté, à une modification sensible des modes d'exercice du pouvoir au sens des partis. Dans une étude inédite, Richard Katz et Peter Mair [1] mettent en lumière la rationalisation croissante des entreprises politiques, rendant un hommage indirect à l'analyse wébérienne. Ils notent la croissance du personnel salarié ou notamment spécialisé dans le marketing politique au sein des partis, placé sous la dépendance directe des leaders et non responsable devant les organes élus ou les militants. Dans le même ordre d'idées, la direction des partis renforcerait statutairement ou de fait son emprise sur l'appareil, les cadres, les échelons locaux et dans le processus d'investiture des candidats, cette évolution se faisant au détriment de la démocratie interne. Tout se passe comme si le parti cherchait d'abord à encadrer les électeurs grâce à une machine perfectionnée, animée par des professionnels et négligeant la vie interne de l'organisation au profit de ses activités externes auxquelles est consacré l'essentiel de ses ressources.

Cette bureaucratisation des partis est une réponse paradoxale mais logique à l'affaiblissement de leur enracinement social et à la concurrence croissante d'autres médiateurs comme les groupes d'intérêt. Les mêmes auteurs

1. Richard Katz, Peter Mair, 1989, « A Note on the Research Project. Party Organization and Organizational Adaptation in the Last Third of the 20th Century », citée par Bernard Denni et Patrick Lecomte, *Sociologie du politique*, Grenoble, PUG, 1990, p. 185 et suiv.

soulignent d'ailleurs la diminution des flux d'adhésion et la baisse corrélative des cotisations comme source de financement. Ce déclin rencontre aussi celui de l'affaiblissement des formes traditionnelles d'engagement partisan syndical ou associatif. De plus en plus dépendants de l'État pour leur financement, les partis politiques tendent à perdre ce rôle d'intermédiaire entre la puissance publique et les citoyens.

Enfin, cette rationalisation désenchantée épouse l'épuisement gestionnaire de la capacité inventive des partis à proposer des solutions politiques alternatives, d'autant mieux que l'encadrement juridique croissant par le droit constitutionnel interne ou le droit européen limite toujours plus le champ du possible. Nous vivons donc à l'ère du consensualisme, idéologie qui cache son nom sous couvert de démontrer l'émergence croissante d'un consensus sur les valeurs démocratiques, assimilé au dépérissement des idéologies politiques. Et de plaider pour une gestion politique confiée, avec l'adhésion d'une majorité d'individus désabusés, à des sages prudents et des experts modérés.

Prenons garde que ce faux consensus n'exclue durablement des citoyens dont l'apathie serait gage de consentement, avant que de soulever d'autres passions autrement contestataires de la démocratie. Celle-ci, pour vivre, a besoin de mythes et d'utopies créatrices sans lesquels elle se délite. Max Weber ne disait pas au fond autre chose quand il écrivait : « La politique consiste en un effort tenace et énergique pour tarauder des planches de bois dur. Cet effort exige à la fois de la passion et du coup d'œil. Il est parfaitement exact de dire, et toute l'expérience le confirme, que l'on n'aurait jamais pu atteindre le possible si dans le monde on ne s'était pas toujours et sans cesse attaqué à l'impossible. »

Bibliographie

Cette bibliographie ne signale principalement que des ouvrages dont l'approche est comparative ou synthétique sur l'un des aspects traités dans le présent livre.

ALBERT Pierre, *La Presse*, Paris, PUF, 1988.

ALBOUY Serge, *Marketing et communication politique*, Paris, L'Harmattan, 1994.

ALLISON Graham, *Essence of decision*, Boston, Little Brown, 1971.

ARON Raymond, *Les Étapes de la pensée sociologique*, Paris, Gallimard, 1967.

AVRIL Pierre, *Essais sur les partis*, Paris, LGDJ, 1990, 2e éd.

BACOT Paul, *Dictionnaire du vote*, Lyon, PUL, 1993.

BAILEY Frederick, *Les Règles du jeu politique* (1969), trad., Paris, PUF, 1971.

BALLE Francis, *Médias et sociétés*, Paris, Montchrestien, 1992, 6e éd.

BARNES Samuel (dir.), *Political Action : Mass Participation in Five Western Democracies*, Beverley Hills, Sage, 1970.

BASSO Jacques, *Les Groupes de pression*, Paris, PUF, 1983.

BERGER Suzan (dir.), *Organizing Interests in Western Europe. Pluralism, Corporation and the Transformation of Politics*, Cambridge, Cambridge University Press, 1981.

BEYME KlausVon , *Political Parties in Western Democracies*, Aldershort Gower, 1985.

BIBES Geneviève, MOURIAUX René (dir.), *Les Syndicats européens à l'épreuve*, Paris, Presses de la FNSP, 1990.

BLUMLER Jay, THOVERON Gabriel et CAYROL Roland, *La Télévision fait-elle l'élection ?*, Paris, Presses de la FNSP, 1978.

BON Frédéric, « Langage et politique », *in* Madeleine GRAWITZ, Jean LECA (dir.), *Traité de science politique*, Paris, PUF, 1985, t. III, p. 537 et suiv.

BRAUD Philippe (dir.), *La Violence politique dans les démocraties européennes occidentales*, Paris, L'Harmattan, 1993. (Peu traitée dans cet ouvrage.)

—, *Le Jardin des délices démocratiques*, Paris, Presses de la FNSP, 1991.

—, *Le Suffrage universel contre la démocratie*, Paris, PUF, 1980.

—, *Sociologie politique*, Paris, LGDJ, 1994, 2e éd.

BRECHON Pierre, *La France aux urnes*, Paris, La Documentation française, 1993.

BUTLER David, STOKES Donald, *Political Change in Britain*, Londres, MacMillan, 1974.

CADART Jacques (dir.), *Les Modes de scrutin dans dix-huit pays libres de l'Europe occidentale*, Paris, PUF, 1983.

CAMBY Jean-Pierre, *Le Financement de la vie politique*, Paris, Montchrestien, coll. « Clefs », 1995.

CAYROL Roland, *Les Médias. Presse écrite, radio, télévision*, Paris, PUF, 1991.

CAYROL Roland, PARODI Jean-Luc et YSMAL Colette, *Le Député français*, Paris, Presses de la FNSP, 1973.

CEVIPOF (coll.), *L'Électeur français en question*, Paris, Presses de la FNSP, 1990.

CHAGNOLLAUD Dominique (dir.), *La Vie politique en France*, Paris, Le Seuil, 1993.

—, *Le Premier des ordres*, Paris, Fayard, 1991.

CHARLOT Jean, *Les Partis politiques*, Paris, Armand Colin, 1970.

CHARLOT Jean et Monica, « Les groupes politiques dans leur environnement », *in* Madeleine GRAWITZ et Jean LECA (dir.), *op. cit.*, t. III, p. 429 et suiv.

CHAZEL François (dir.), *Action collective et mouvements sociaux*, Paris, PUF, 1993.

CHEVALLIER Jacques, *L'État de droit*, Paris, Montchrestien, coll. « Clefs », 1992.

COLAS Dominique, *Sociologie politique*, Paris, PUF, 1992.

COLLIARD Jean-Claude, *Les Régimes parlementaires contemporains*, Presses de la FNSP, 1978.

COTTERET Jean-Marie, *Gouverner c'est paraître*, Paris, PUF, 1992.

DAHL Robert, *Qui gouverne ?* (1961), trad., Paris, Armand Colin, 1971.

DALTON Russel, KUECHLER Manfred (dir.), *Challenging in Political Order, New Social and Political Movements in Western Democracies*, Oxford, Polity Press, 1990.

DENNI Bernard, *Participation politique et démocratie*, thèse science politique, Grenoble, 1986.

DENNI Bernard, LECOMTE Patrick, *Sociologie du politique*, Grenoble, PUG, 1990.

DOGAN Mattei (dir.), *Pathways to Power. Selecting Rulers in Pluralist Democracies*, San Francisco, Westview Press, 1989.

DOWNS Anthony, *An Economic Theory of Democracy*, New York, Harper and Row, 1957.

DUHAMEL Olivier, *Les Démocraties*, Paris, Le Seuil, 1995.

DUPUY François, THOENIG Jean-Claude, *L'Administration en miettes*, Paris, Fayard, 1983.

—, *Sociologie de l'administration*, Paris, Armand Colin, 1983.

DUVERGER Maurice, *Les Partis politiques*, Paris, Armand Colin, 1951, 1re éd.

—, *Introduction à la politique*, Paris, Gallimard, 1961.

EASTON David, *Analyse du système politique* (1965), Paris, Armand Colin, 1974.

EDELMAN Murray, *Political Language. Words That Succeed and Politics That Fail*, New York, Academic Press, 1977.

—, *Politics as Symbolic Action*, New York, Academic Press, 1977.

ÉLIAS Norbert, *La Société de Cour*, Paris, Calmann-Lévy, 1974.

ÉMERI Claude, « Élections et référendums », *in* Madeleine GRAWITZ, Jean LECA (dir.), *op. cit.*, t. II, p. 315.

Explication du vote (coll.), Paris, Presses de la FNSP, 1990.

FAVRE Pierre (dir.), *La Manifestation*, Paris, Presses de la FNSP, 1990.

FONTAINE Joseph, LE BART Christian (dir.), *Le Métier d'élu local*, Paris, L'Harmattan, 1994.

GARRAUD Philippe, *Profession : homme politique. La carrière politique des maires urbains*, Paris, L'Harmattan, 1989.

GAXIE Daniel, *Le Cens caché*, Paris, Le Seuil, 1978.

—, *La Démocratie représentative*, Paris, Montchrestien, coll. « Clefs », 1993.

GERSTILE Jacques, *La Communication politique*, Paris, PUF, 1992.

GICQUEL Jean, *Droit constitutionnel et institutions politiques*, Paris, Montchrestien, 1995.

GOGUEL François, *Chroniques électorales*, 3 vol., Paris, Presses de la FNSP, 1981-1983.

GRAWITZ Madeleine, LECA Jean (dir.), *Traité de science politique*, 4 vol., Paris, PUF, 1985.

GRÉMION Catherine, *Profession : décideur. Pouvoir des hauts fonctionnaires et réforme de l'État*, Paris, Gauthier-Villars, 1979.

GRÉMION Pierre, *Le Pouvoir périphérique. Bureaucrates et notables dans le système politique français*, Paris, Le Seuil, 1976.

HERMES, *Le Nouvel Espace public*, Paris, Éd. du CNRS, 1989, t. IV.

HIMMELWEIT Hilde, HUMPHREYS Patrick et JAEGER Marianne, *How Voters Decide ?*, Londres, Open University Press, 1985, 2e éd.

HIRSCHMAN Albert, *Bonheur privé, action publique* (1982), Paris, trad. Fayard, 1983.

—, *Face au déclin des entreprises et des organisations* (1970), Paris, trad. Éd. Ouvrières, 1972.

JAMOUS Henri, *Sociologie de la décision*, Paris, Éd. du CNRS, 1969.

JANDA Kenneth, *Political Parties, A Cross-National Survey*, New York, Free Press, 1980.

JONES Charles, *An Introduction to the Study of Public Policy*, Belmont, Duxbury Press, 1970.

KATZ Elihu, « La recherche en communication depuis Lazarsfeld », *in* HERMES, *op. cit.*, t. IV.

KEY V.O., *Southern Politics*, Knopf, 1949.

LAGROYE Jacques, *Sociologie politique*, Paris, Presses de la FNSP, 1991.

LANCELOT Alain, *L'Abstentionnisme électoral en France*, Paris, Armand Colin, 1968.

LAPALOMBARA Joseph, WEINER Myron (dir.), *Political Parties and Political Development*, Princeton, Princeton University Press, 1966.

LAVAU Georges, *A quoi sert le PCF ?*, Paris, Fayard, 1981.

LAWSON Kay, MERKI Peter (dir.), *When Parties Fail. Emerging Alternative Organizations*, Princeton, Princeton University Press, 1988.

LAZARSFELD Paul, BERELSON Bernard et GAUDET Hazel, *The People Choice*, New York, Columbia University Press, 1945, 2e éd.

LEBRAS-CHOPARD Asmelle, *Théories de la guerre*, Paris, Montchrestien, coll. « Clefs », 1993.

LECOMTE Patrick, *Communication, télévision et démocratie*, Lyon, PUL, 1993.

LINDBLOM Charles, *The Policy Making Process*, Englewood Cliffs, Prentice Hall, 1968.

LIJPHART Arend, *Electoral Systems and Party Systems. A Study of Twenty-Seven Democracies, 1945-1990*, Oxford, Oxford University Press, 1994.

MACHIAVEL, *Le Prince*, Paris, Gallimard, 1952.

MARTIN Pierre, *Les Systèmes électoraux*, Paris, Montchrestien, coll. « Clefs », 1994.

MAYER Nonna, PERRINEAU Pascal, *Les Comportements politiques*, Paris, Armand Colin, 1992.

MEMMI Dominique, « L'engagement politique », *in* Madeleine GRAWITZ et Jean LECA (dir.), *op. cit.*, t. III, p. 310 et suiv.

MÉNY Yves, *Politique comparée*, Paris, Montchrestien, 1993.

—, *La Corruption de la République*, Paris, Fayard, 1992.

MÉNY Yves, THOENIG Jean-Claude, *Politiques publiques*, Paris, PUF, 1989.

MEYNAUD Jean, *Les Groupes de pression en France*, Paris, Cahiers de la Fondation nationale des sciences politiques, 1958.

MICHELAT Guy, SIMON Michel, *Classe, religion et comportement politique*, Paris, Presses de la FNSP, 1977.

MICHELS Roberto, *Les Partis politiques. Essai sur les tendances oligarchiques des démocraties* (1911), trad., rééd., Paris, Flammarion, 1984.

MILBRAITH Lester, *Political Participation. How and Why People Involved in Politics*, Chicago, Rand Mc Nally, 1965, 1re éd.

MISSIKA Jean-Louis, WOLTON Dominique, *La Folle du logis, la télévision dans les sociétés démocratiques*, Paris, Gallimard, 1983.

MULLER Edward, *Aggressive Political Participation*, Princeton University Press, 1979.

MULLER Pierre, *Les Politiques publiques*, Paris, PUF, 1990.

OBERSCHALL Anthony, *Conflict and Social Movements*, Englewood Cliffs, Prentice Hall, 1973.

—, *Social Movements. Ideologies, Interests and Identities*, Transaction Books, 1993.

OLSON Mancur, *Logique de l'action collective* (1966), trad., rééd., Paris, PUF, 1987.

OSTROGORSKI Moisei, *La Démocratie et l'organisation des partis politiques* (1902), rééd., Paris, Le Seuil, 1979.

PADIOLEAU Jean, *L'État au concret*, Paris, PUF, 1982.

PARODI Jean-Luc, « Le nouvel espace politique français » in *Mélanges en l'honneur de Georges Lavau*, Yves MÉNY (dir.), Paris, Presses de la FNSP, 1989.

PATRIAT Claude, PARODI Jean-Luc (dir.), *L'Hérédité en politique*, Paris, Economica, 1991.

PELASSY Dominique, *Qui gouverne en Europe ?*, Paris, Fayard, 1992.

PERRINEAU Pascal (dir.), *L'Engagement politique. Déclin ou mutation ?*, Paris, Presses de la FNSP, 1994.

PORTELLI Hugues, *Les Régimes politiques occidentaux*, Paris, Hachette, 1994, p. 169.

QUERMONNE Jean-Louis, *L'Appareil administratif de l'État*, Paris, Le Seuil, 1991.

—, *Les Régimes politiques occidentaux*, Paris, Le Seuil, 1984.

RAE Douglas, *The Political Consequences of Electoral Laws*, Yale University Press, 1967.

REMOND René, *La Politique n'est plus ce qu'elle était*, Paris, Fayard, 1993.

RICHELIEU, cardinal de, *Testament politique*, 1639.

RIKER William, *The Theory of Political Coalitions*, New Haven, Yale University Press, 1962.

ROKKAN Stein, *Citizens, Elections, Parties*, Oslo, Oslo University Press, 1970.

ROSE Richard, MC ALLISTER Ian, *Voters Begin to Choose. From Closed-Class to Open Elections in Britain*, Londres, Sage, 1986.

SEILER Daniel-Louis, *Partis et familles politiques*, Paris, PUF, 1987.

SFEZ Lucien, *Critique de la décision*, Paris, Presses de la FNSP, 1992, 4e éd.

SIEGFRIED André, *Tableau politique de la France de l'Ouest sous la IIIe République*, 1913 ; rééd. CNRS, 1993.

SIMON Herbert, *Administration et processus de décision*, trad., Paris, Economica, 1983.

SULEIMAN Ezra, *Les Élites en France. Grands corps et grandes écoles*, Paris, Le Seuil, 1979.

—, *Les Hauts Fonctionnaires et la politique*, trad., Paris, Le Seuil, 1976.

THOENIG Jean-Claude, « L'analyse des politiques publiques », *in* Madeleine GRAWITZ, Jean LECA (dir.), *op. cit.*, t. IV, p. 1 et suiv.

—, *L'Ère des technocrates*, Paris, L'Harmattan, 1987, 2e éd.

TILLY Charles, *From Mobilization to Revolution*, Reading, Wesley, 1978.

TOCQUEVILLE Alexis de, *Souvenirs*, Paris, Gallimard, 1967.

TRUMAN David, *The Governmental Process, Political Interests and Public Opinion*, New York, Alfred Knopf, 1971, 2e éd.

VERBA Sidney, NIE Norman H., *Participation and Political Democracy*, New York, Harper and Row, 1972, p. 2.

WEBER Max, *Économie et société*, Paris, Plon, 1971.

—, *Le Savant et le politique* (1919), Paris, Plon, 1959.

WILSON Franck, « Les groupes d'intérêt sous la Ve République », *Revue française de science politique*, 1983, p. 220 et suiv.

WRIGHT William, *A Comparative Study of Party Organization*, Columbus Ohio, 1971.

YSMAL Colette, *Le Comportement électoral des Français*, Paris, La Découverte, 1990, 2e éd.

Table

DEUXIÈME PARTIE

Les acteurs de la politique

TROISIÈME PARTIE

PRATIQUES DE LA POLITIQUE

RÉALISATION : ATELIER GRAPHIQUE DES ÉDITIONS DE SEPTEMBRE
IMPRESSION : HÉRISSEY À ÉVREUX (10-97)
DÉPÔT LÉGAL : MARS 1996 – N° : 1757202 (78212)